리어 왕
King Lear

국립중앙도서관 출판시도서목록(CIP)

리어 왕 / 셰익스피어 지음 ; 김정환 옮김. — 서울 : 아침이슬, 2008
    p. ;   cm. — (셰익스피어 전집 ; 3)

원표제: King Lear
원저자명: William Shakespeare
영어 원작을 한국어로 번역
ISBN 978-89-88996-85-0 04840 : ₩10000
ISBN 978-89-88996-82-9(세트)

영국 희곡[英國戱曲]

842-KDC4
822.33-DDC21   CIP2008001650

리어 왕
King Lear

셰익스피어 지음 | 김정환 옮김

아침이슬

일러두기

운문과 산문 구분을 명확히 했고, 행갈이를 원문과 똑같이 맞추었다. 각 작품을 잘 쓰인 시집 한 권 대하듯 읽으면 적당할 것이다.

등장인물

리어 브리튼 왕

고네릴 리어의 맏딸

올버니 공작 고네릴의 남편

리건 리어의 둘째 딸

콘월 공작 리건의 남편

코델리어 리어의 막내딸

프랑스 왕 코델리어의 구혼자

버건디 공작 코델리어의 구혼자

켄트 백작 후에 카이어스로 변장

글로스터 백작

에드가 글로스터의 맏아들, 후에 미치광이 거지로 변장

에드먼드 글로스터의 서자

노인 글로스터의 소작인

큐란 글로스터의 가신

리어의 바보광대

오스월드 고네릴의 집사

의사

지휘관

신사

사자

콘월의 하인들

기사들, 관리들, 전령들, 군인들, 시종들

대사에 나오는 외국 명

헤카테 그리스 신화 마녀들의 여신
아폴로 시와 음악, 예언을 주관하는 태양의 신
포이보스 태양신 아폴로의 별칭
아이아스 트로이 전쟁에 참가한 그리스 연합군의 용장
주노 로마 신화 최고신 주피터의 아내
카멜롯 아서 왕 전설의 성
멀린 아서 왕의 마법사
롤랑 중세 로망 《롤랑의 노래》의 주인공

제1막

나는 뭐라 말하지? 사랑, 그 말이 전분데.

1막 1장

리어 왕 궁정

켄트, 글로스터, 그리고 에드먼드 등장

켄트 나는 왕께서 콘월 공작보다는 올버니 공작을 더 총애하신다고 생각했었는데.

글로스터 우리가 보기에 언제나 그랬지요. 하지만 요새, 왕국을 나눠 주는 문제에서, 어느 공작을 가장 귀하게 여기시는지가 분명치 않아요. 지분이 워낙 대등하니까, 양쪽을 세심하게 살펴보아도 어느 쪽이 더 나을지 정할 수가 없군요.

켄트 이 청년은 당신 자제 분 아닙니까, 백작?

글로스터 그의 양육을, 백작, 내가 맡기는 했었죠. 아들로 인정하자니 하도 낯이 뜨거웠던지라, 이젠 얼굴이 두꺼워졌지만.

켄트 무슨 말씀이신지 파악이 안 되는군요.

글로스터 백작, 이 청년 어머니는 파악했지요. 그녀 배가 둥그레졌으니까, 그리고, 정말, 그녀 침대에 남편을 두기도 전에 그녀 요람에 아이를 두게 되었다오. 숭한 냄새가 나지요?

켄트 되돌리고 싶은 생각은 안 드는군요. 그 소생이 정말 근사해서요.

글로스터 하지만, 내게는, 백작, 적법 절차를 따른 아들도 있소, 나이가 이놈보다 몇 살 위죠, 그렇지만 더 소중하게 생각하지는

않아요. 비록 이놈이 불청객으로 다소 시건방지게 세상으로
나왔으나, 그의 어머니는 아름다웠다오. 아주 기분 좋은 운동
으로 그를 만들었죠. 그리고 서자도 자식이니까요. 이 고귀한
신사 분을 아느냐, 에드먼드?

에드먼드 아뇨, 백작님.

글로스터 〔에드먼드에게〕 켄트 백작님이시다. 이제부터 나의 명예로
운 친구 분으로 기억하도록 해라.

에드먼드 〔켄트에게〕 분부대로 하겠나이다.

켄트 난 분명 자네를 좋아하네, 자넬 좀 더 잘 알았으면 좋겠구먼.

에드먼드 백작님, 그런 자격이 되도록 계속 공부하겠나이다.

글로스터 〔켄트에게〕 해외에 9년 동안 나가 있었죠. 그리고 다시 나
갈 겁니다.

　　　　〔나팔 신호 소리〕

왕께서 오시는군요.

　　　　보관을 받든 자, 그 뒤로 리어 왕, 콘월, 올버니, 고네릴, 리건,
　　　　코델리어, 그리고 시종들 등장

리어 프랑스와 버건디의 군주 분을 모셔 오게, 글로스터.

글로스터 그리하겠습니다, 폐하.

　　　　글로스터와 에드먼드 퇴장

리어 이제 곧 좀 더 은밀한 짐의 생각을 말하리라.
거기 지도를 가져오거라. 알고 있겠지, 짐이 왕국을
셋으로 나누었다는 것을. 그리고 짐의 단호한 의도는
모든 근심과 일거리를 짐의 나이에서 떨쳐 내자는 것이로다.

그것들을 보다 젊은 세력에 넘겨주는 반면, 짐은
부담 없이 무덤을 향해 기어가겠다는 것. 내 사위 콘월,
그리고 자네, 못지않게 사랑하는 사위 올버니,
짐은 이 시간 굳은 의지로 공표하겠노라,
짐의 딸 각각의 상속분을, 그래야 미래의 분쟁을
지금 막을 수 있나니. 프랑스와 버건디의 두 군주 분,
우리 막내딸의 사랑을 구하는 위대한 두 경쟁자가,
오랫동안 짐의 궁정에서 사랑을 품고 머물렀으니,
여기서 대답을 기다릴 것이로다. 말해 보라, 내 딸들아—
이제 짐은 짐을 벗을 것이니, 통치도,
영토의 법적 권리도, 국가 업무도—
너희 중 누가 짐을 가장 사랑한다 하겠느뇨?
이것은 짐이 가장 커다란 은혜를 펼치려 함이로다,
자연적인 사랑과 장점이 서로를 부추기는 곳에. 고네릴,
처음 태어난 내 딸아, 먼저 말하라.

고네릴 폐하, 저는 말로 전달할 수 있는 것 이상으로 폐하를 사랑하
나이다.

시력보다, 움직이는 공간보다, 그리고 자유보다 더 소중하옵
니다.

가치를 잴 수 있는 것, 비싸거나 희귀한 것보다 더,

목숨 바로 그것, 게다가 우아하고, 건강하고, 아름답고, 명예로
운 목숨 못지않게,

어린아이가 사랑했던 만큼 많이, 혹은 아버지가 발견한 만큼
많이,

언어를 빈약하게 만드는, 그리고 말을 불가능하게 만드는 사랑,

온갖 비교를 능가할 만큼 폐하를 사랑합니다.

코델리어 〔방백〕 나는 뭐라 말하지? 사랑, 그 말이 전분데.

리어 〔고네릴에게〕 이 모든 경계 중, 바로 이 선에서 이 선까지,

그늘진 수풀과 기름진 평원을,

풍부한 강물과 드넓은 초원을,

짐이 네게 주노라, 딸아. 너와 올버니의 자손들에게

이곳을 영원히. 짐의 두 번째 딸은 어떤 말을 할꼬,

정말 소중한 리건, 콘월의 아내는? 말하라.

리건 폐하, 저를 구성하는

실속은 제 언니와 동일합니다,

그리고 스스로 언니와 대등하다고 믿습니다. 저의 진실한 가슴으로

봅니다, 그녀가 명명하는 게 바로 제 사랑 행위라는 것을요.

다만 언니는 너무 모자라군요, 저는 스스로

가장 소중한 감각의 광장이 누리는

온갖 다른 기쁨을 적이라 선포하고,

오로지 소중한 폐하의 사랑 속에서만

행복을 느끼는 것을 아니까요.

코델리어 〔방백〕 그렇담 난 빈약해!

하지만 그런 게 아니지. 왜냐면, 확실히, 내 사랑은

내 혓바닥보다 무거우니까.

리어 〔리건에게〕 너와 네 상속자들에게 영원히

머물 것이다, 짐의 아름다운 왕국의 이 풍요로운 3분의 1이,

넓이, 가치, 그리고 기쁨이 못지않노라,

고네릴에게 양도된 것에. 자, 짐의 기쁨,

비록 가장 어리고 가장 작지만, 그 젊은 사랑을 향해
프랑스의 포도 넝쿨과 버건디의 우유가
접근하려 애쓰고 있는 내 딸, 너는 무슨 말로 가져가겠느냐,
네 언니들보다 더 부유한 3분의 1을? 말해 보거라.

코델리어 아무 말도 않겠습니다, 폐하.

리어 아무 말도?

코델리어 아무 말도.

리어 아무 말도 없으면 아무것도 없느니, 다시 말해 보라.

코델리어 불행하게도, 저는 제 마음을
　　　　입에까지 들어 올릴 수 없나이다. 제가 폐하를 사랑하는 것은
　　　　자식으로서 의무에 따른 것이죠, 그 이상도 그 이하도 아닙
　　　　니다.

리어 이런, 이런, 코델리어. 네 말을 조금 수정하거라,
　　　　네 행운이 훼손될 수도 있음이니.

코델리어 훌륭하신 폐하,
　　　　폐하께서는 저를 낳아 주시고, 길러 주시고, 사랑해 주셨습
　　　　니다. 저는
　　　　의당 마땅히 돌려드리는 것입니다. 이런 의무를요,
　　　　폐하께 복종하고, 폐하를 사랑하고, 그리고 공경하고 말입
　　　　니다.
　　　　왜 언니들은 남편을 취하는 걸까요, 그들이
　　　　아버지를 완벽하게 사랑한다면서? 아마도, 제가 결혼하게
　　　　된다면,
　　　　제 결혼 선서의 손을 잡을 제 주인이 가져가는 것이겠지요,
　　　　제 사랑의 반, 제 보살핌과 의무의 반을.

그럼요, 전 결코 언니들처럼 결혼을 하지는 않을 거예요,

아버지를 완벽하게 사랑하려면.

리어 하지만 네 마음이 이 말과 함께 가느냐?

코델리어 예, 훌륭하신 폐하.

리어 그토록 어리건만, 그토록 퉁명스럽게?

코델리어 그토록 어리건만, 폐하, 진실된 것이지요.

리어 네 맘대로 하거라! 그렇다면, 너의 진실이, 너의 상속분이

로다!

왜냐면, 태양의 신성한 광채에 맹세코,

헤카테의, 그리고 밤의 신비에 맹세코,

우리가 그것으로 죽고 사는

온갖 궤도의 운행에 맹세코,

지금 나는 부인하노라, 모든 부성의 배려를,

혈연의 근친과 속성을.

그리고 내 마음과 내게 이방인으로

너를 간주하노라, 이 시간부터, 영원히. 야만적인 스키타이

인들,

아니면 부모 자식을 식탁에 음식으로 올려

게걸스레 먹는 자, 그들도 내 가슴에

가까이 두고, 불쌍히 여기고, 또 구해 주리라,

예전에 내 딸이었던 너와 같이.

켄트 훌륭하신 폐하―.

리어 다물라, 켄트!

용과 용의 분노 사이에 끼어들지 말라.

나는 그녀를 가장 사랑했다. 그리고 생각했다. 내 여생을 그

녀의

친절한 보살핌에 걸겠다고. 〔코델리어에게〕 꺼져라,

그리고 내 앞에 나타나지 말거라!

그래야 내 마음이 편하리로다, 네게서 비롯된 아비 마음을
내게 돌려주노니!

프랑스 왕을 불러라. 뭣들하고 있느냐?

버건디 공작을 불러라. 콘월과 올버니,

내 두 딸의 상속분에 이 3분의 1을 편입시키겠다.

오만이, 그녀는 그걸 솔직함이라 부르지만, 그녀와 결혼케
하라.

나는 너희에게 공동으로 내 권력을 부여하노라,

특출함과 왕권에 동반하는

모든 거창한 장신구를 허락하노라. 짐 자신은, 매달,

일백 명의 기사를 법적으로

너희들이 유지케 하고, 짐의 거처를

순서대로 너희와 함께하리라. 짐이 여전히 갖는 것은

오로지 이름뿐, 나머지 왕의 온갖 대권들,

통치, 세입, 기타 등등의 집행권은,

사랑하는 두 사위, 너희 것이 되리라. 그것을 확인키 위해

이 보관을 너희들이 나눠 가질지어다.

켄트 고귀한 리어 님,

당신을 저는 언제나 저의 왕으로 공경하였나이다,

저의 아버지로 사랑하였고, 저의 주인으로 따랐고,

기도를 드릴 때면 저의 위대한 후원자로 기억하였나이다—.

리어 활이 굽고 시위가 당겨졌느니, 기어이 화살 맛을 보려느냐.

켄트 차라리 명중시키소서, 설령 활촉이

　　제 심장 구역을 침범할망정, 켄트는 무례할 것입니다,

　　리어가 미쳤을 때는. 무슨 짓을 하려는 겁니까, 노망 든 겝

니까?

　　의무가 두려움 때문에 말을 못 하리라 생각하십니까,

　　권력이 아첨에 절을 하는데도요? 명예는 단도직입적이어야

하는 것이죠,

　　왕권이 어리석음에 고개를 숙일 때는요. 명령을 돌리소서,

　　그리고 현명한 판단력을 되찾으시어, 멈추소서,

　　이 흉칙한 경솔을. 제 목숨을 걸고 말씀 올리나이다,

　　폐하의 가장 어린 딸이 폐하를 가장 덜 사랑하는 게 아닙니다.

　　낮은 소리로 진지함을 반향하는

　　사람들 또한 그렇습니다.

리어 켄트, 살고 싶으면, 닥쳐라.

켄트 제 목숨을 저는 언제나 담보로만 생각했습니다,

　　폐하의 적에게 내거는. 그걸 잃는 게 뭣이 두렵겠습니까,

　　폐하의 안위 때문인데요.

리어 내 앞에서 꺼져라!

켄트 제대로 보십시오, 리어, 그리고 제가 항상토록

　　당신의 정확한 정곡이게 하소서.

리어 이런, 아폴로에 맹세코―.

켄트 저런, 아폴로라니, 왕이시여,

　　왕께서 태양의 신을 부르시다니요.

리어 오, 신하 주제에, 못된 놈! (칼에 손을 가져간다)

올버니와 콘월 폐하, 참으소서.

켄트 〔리어에게〕 하시오.

　죽이시오. 당신의 의사를. 그리고 진료비를 주시오,

　당신의 추악한 질병에게. 명을 거두시오,

　그렇지 않으면, 내 목구멍에서 아우성이 나오는 동안,

　나는 당신께 말할 것이오. 당신이 잘못하고 있다고.

리어 들어라, 반역자여!

　네가 했던 충성 맹세 위에, 들어라!

　짐의 맹세를 짐이 깨게 만들려 획책했으니,

　아직까지 짐도 감히 그런 적 없는 그 맹세를 깨게 하고, 과장된 오만으로

　짐의 명과 짐의 권력 사이에 끼어들려 했으니,

　짐은 기질로나 신분으로나 참을 수 없도다,

　이것이 본색이었도다. 응분의 벌을 받으라.

　네게 닷새를 주겠다. 채비를 하라,

　세상의 질병으로부터 너를 지킬 수 있도록,

　그리고 여섯째 날 증오스런 네 등을 돌려

　짐의 왕국을 떠날 것. 만일 지금으로부터 열흘째

　추방된 네 몸통이 짐의 영토 안에서 발견되면,

　그 순간 너는 죽으리로다. 꺼져라! 주피터의 이름으로,

　이 명은 거둬지지 않으리라.

켄트 편안히 계시오, 왕이여, 왕께서 이런 꼴이 되시니,

　자유는 저쪽에 있소, 그리고 추방은 이쪽이죠.

　〔코델리어에게〕 신들이 그들의 소중한 피난처로 그댈 인도하기를, 공주님,

　공주께서는 온당하게 생각하시고, 아주 온당하게 말하셨습

니다!

　〔리건과 고네릴에게〕두 분의 거창한 말씀을 행동으로 증명해 주
기를.

　　사랑의 말에서 좋은 효과가 샘솟기를.

　　이렇게 켄트는, 오 군주 분들, 여러분 모두에게 작별을 고합
니다.

　　저는 새로운 고장에서 여생을 꾸려 보려 합니다. 〔퇴장〕

　　　화려한 취주. 글로스터 재등장, 프랑스 왕, 버건디 공작, 그리고
　　　시종들과 함께

글로스터　프랑스 왕과 버건디 공작을 모셔 왔습니다. 고귀하신 폐하.
리어　친애하는 버건디의 군주,

　　짐은 우선 그대에게 묻겠소. 그대는 이 군주 분과

　　짐의 딸을 얻으려 경쟁했소. 무엇을, 최소한,

　　요구하시겠소, 지금 그녀의 지참금으로,

　　아니면 사랑의 추구를 그만두겠소?

버건디　너무도 위풍당당하신 폐하,

　　제가 바라는 것은 폐하가 주시겠다고 한 것 이상이 아닙니다.

　　폐하도 그 이하를 주시지는 않겠고요.

리어　올바르고 숭고한 버건디,

　　그녀가 짐에게 소중했을 때, 짐은 그러려 했소.

　　하지만 지금 그녀는 가치가 떨어졌지. 군주, 그녀가 저기 있소.

　　꾸민 게 별로 없는 저 아이의 어떤 것이,

　　아니면 그것 일체가, 짐은 그 꼴을 짜 맞추기 싫지만,

　　그리고 그 이상 아무것이 없어도, 당신 마음에 제법 든다면,

그녀가 저기 있소, 그리고 그녀는 당신 것이오.

버건디 대답할 바를 모르겠군요.

리어 군주께서는, 그녀를 결함이 있는 채로,

친구도 없고, 짐의 미움에 새로 입양되고,

짐의 저주를 상속받고, 그리고 짐의 맹세로 이방인이 된,

그녀를 취하시겠소, 아니면 떠나시겠소?

버건디 용서하소서, 왕이시여,

이런 조건으로는 선택을 할 수가 없겠습니다.

리어 그럼 그녀를 떠나시오, 군주, 짐을 만드신 권능에 맹세코,

그녀 재산은 짐이 말한 게 다요. 〔프랑스 왕에게〕 위대한 왕, 당
신께는,

당신의 사랑이 그토록 길을 잘못 들어

내가 증오하는 것을 배필 삼게 하고 싶지 않소이다. 그러니
청컨대

당신의 사랑을 보다 가치 있는 쪽으로 돌리시오,

자연이 친자 인정을 수치스러워하는

이 형편없는 애 말고 말이오.

프랑스 왕 정말 이상하군요.

그녀가, 방금 전만 해도 폐하께서 최고로 애지중지하셨고,

폐하가 예찬하는 주제였고, 폐하 노년의 방향제였는데,

가장 최선이고, 가장 소중했는데, 이리 순식간에

그토록 끔찍한 일을 저질러, 벗어 버리다뇨,

그 숱한 은총의 겹들을? 물론, 그녀가 한 짓은

분명 너무도 비정상적이라

끔찍해 보일 정도겠죠. 아니면 사전 보장된 폐하의 애정에

얼룩이 묻었거나. 그런 그녀를 믿는다는 건,

분명 신앙이지요. 이성이 기적 없이는

결코 내 안에 심어 놓을 수 없는.

코델리어 〔리어에게〕 저는 아직도 폐하께 간청합니다―

제가 말하되 의도는 하지 않는

그런 겉발림 구변이 없다는 게 이유라면―저는 훌륭한 의도라면

말하기 전에 행하니까요―폐하께서 알게 하소서,

어떤 사악한 흠집, 살인, 혹은 추잡함 때문에,

어떤 부정한 행동, 혹은 불명예스런 발걸음 때문에,

제가 폐하의 은총과 편애를 박탈당한 게 아니라는 것을,

다만 없으므로 더 풍요로운 그

늘상 애걸복걸하는 눈동자, 그리고 없어서 다행인

그런 헛바닥이 제게 없기 때문이라는 것을, 비록 그 없음 때문에

제가 폐하의 마음을 잃었지만요.

리어 너는 더 좋았으리라,

태어나지 않았던 게, 내 기분을 더 좋게 하지 않을 바에야.

프랑스 왕 이것뿐입니까―성정에 맞지 않아

말하고자 하는 내력을

종종 말없음표 상태로 두는 이것뿐? 친애하는 버건디 공작,

그대는 이 여인에게 무슨 말을 하시겠소? 사랑은 사랑이 아니오,

전체 관점에서 무관한 고려 사항들과

뒤섞인다면. 그대 그녀를 취하시겠소?

그녀 자신이 상속분이로다.

버건디 리어 왕이시여,

폐하 자신이 제안했던 그 몫만 제게 주십시오,

그러면 지금 저는 코델리어의 손을 잡을 것입니다,

버건디 공작 부인으로.

리어 아무것도! 나는 맹세했도다, 확고하다.

버건디 죄송하군요. 당신은 그렇게 아버지를 잃었으니

남편도 그렇게 잃을 판입니다.

코델리어 버건디 공작은 입을 다무시오!

재산을 따지는 게 당신의 사랑이므로,

난 그대의 아내가 되지 않을 것이오.

프랑스 왕 참으로 아름다운 코델리어, 가장 부유하도다, 가난하므
로!

최고의 선택이로다, 버려졌으므로! 그리고 가장 사랑받도다,
경멸당하므로!

그대와 그대의 미덕을 지금 내가 선택하오,

던져진 것을 내가 택했으니 합법적이도다.

신들, 신들이시여! 이상하옵니다, 그들의 가장 차가운 냉대
에서

제 사랑이 열렬한 숭배로 불타오르다니.

상속분 없는 당신의 딸은, 왕이시여, 저의 선택에 맡겨졌으니,

왕비십니다. 왕의, 우리들의, 그리고 우리 아름다운 프랑스의.

질펀한 버건디의 온갖 공작들을 합해도

진가를 인정받지 못한 이 소중한 처녀를 내게서 사 가지 못하
리라.

작별을 고하시오, 코델리어, 비정한 그들이지만,

그대는 이곳을 잃고, 더 좋은 곳을 찾았소.

리어 그대가 그녀를 가졌도다, 프랑스 왕. 그녀를 그대 것으로 하라. 짐은

이런 딸이 없음이로다. 그리고 결코 보지 않으리로다.

그녀의 얼굴을 다시는. 그러므로 가라,

짐의 은총, 짐의 사랑, 짐의 축복은 없나니.

오시게, 고귀한 버건디.

화려한 취주. 프랑스 왕, 고네릴, 리건과 코델리어만 남고
모두 퇴장

프랑스 왕 언니들에게 작별을 고하시오.

코델리어 우리 아버지의 두 보석, 눈물 젖은 눈으로

코델리어는 언니들을 떠나요. 난 언니들을 잘 알죠,

그래도 동생인지라 질색이지요,

언니들의 결점을 명명대로 부르는 게. 아버지를 잘 보살피세요.

공언한 언니들의 사랑에 아버지를 맡겨요.

그렇지만, 아아, 제가 그분의 은총 안에 있다면,

더 좋은 곳을 권해 드릴 텐데.

그래요, 두 분 모두 안녕.

리건 우리한테 우리 의무를 이래라저래라 할 건 없잖니.

고네릴 공부라면 너야말로

네 남편 만족시키는 공부가 급할걸, 그분은 너를 받아들였잖아,

운명의 자선 구호품으로 말야. 너는 복종에 인색하지,
　　　그러니 네가 바라던 결핍을 받아 마땅하지.
코델리어　시간은 펼쳐 주기 마련이죠, 주름 잡힌 교활을.
　　　잘못을 덮는 자, 결국은 치욕이 그들을 경멸하는 법.
　　　잘들 해 보세요!
프랑스 왕　갑시다, 나의 아름다운 코델리어.

프랑스 왕과 코델리어 퇴장

고네릴　동생, 우리 둘 다 방금 상속받은 것을 지키는 문제가 만만
　　　찮겠어. 아버지가 오늘 이곳을 뜨실 텐데.
리건　분명 그럴걸, 그리고 언니와 함께 있겠지, 다음 달은 우리와
　　　있고.
고네릴　나이가 드시니 변덕이 죽 끓듯 하지 않던, 우리가 지켜본
　　　것만 해도 심상찮아. 언제나 막내를 제일 사랑했었어, 그런데
　　　정말 형편없는 판단으로 그녀를 내팽개치다니 너무 심하잖아.
리건　노망이지 뭐, 하지만 아버지는 항상 희박하게만 자기 자신을
　　　알았지.
고네릴　가장 시절 좋고 제정신이던 때도 성질이 충동적이셨지. 그
　　　러니 그분 나이 때문에 받을 수밖에 없을 게야, 오래 접목된
　　　습관의 불완전함뿐 아니라, 노쇠하고 성마른 세월이 유발하
　　　는 다루기 힘든 제멋대로 똥고집까지 덧붙여서 말야.
리건　켄트의 추방 같은 충동적인 격분을 우리도 아버지한테 당할
　　　지 몰라.
고네릴　프랑스 왕과 아버지가 결별 수순을 밟게 된 것도 그래. 얘
　　　야, 우리 손을 잡자꾸나. 아버지가 그런 정신 상태로 권위를

휘두를 경우, 아버지의 이 마지막 양위도 해가 될 뿐이야.

리건 같이 좀 더 생각해 보자고.

고네릴 뭔가를 해야 해. 그것도 쇠가 뜨거울 때.

　　　퇴장

1막 2장
글로스터 백작 집

エ

에드먼드, 편지를 들고 등장

에드먼드　그대, 자연이여, 그대가 나의 여신이로다.
　　　나 그대의 법률에
　　　복무하리라. 왜 내가
　　　관습의 재앙에 빠져야 하는가, 그리고 감내해야 하는가,
　　　나라의 근사한 것들을 박탈당하는데도,
　　　단지 내가 열두 달 혹은 열네 달
　　　형보다 늦다는 이유만으로? 왜 서잔가? 뭣 때문에 비천하단
거야?
　　　내 몸 구조가 탄탄하기로,
　　　내 마음이 고상하기로, 또 나의 외양이 진실되기로,
　　　여느 정결한 부인의 소생 못지않은데? 왜 우리를 낙인찍는가,
　　　비천하다고? 비천함으로? 서출? 비천, 비천하다?
　　　우리가, 자연의 욕정의 도적질 속에서
　　　더 많은 남녀 혼합물과 격렬한 성질을 취하는 우리가,
　　　단조롭고, 진부하고, 피곤한 침대에서
　　　바보 대가족 전체가 비몽사몽 중 만들어질 때보다 더한 것을
　　　취하는 우리가? 그래, 그렇다면,

적자 에드가여, 너의 땅을 내가 가져야겠다.
우리 아버지의 사랑은 서자 에드먼드에게도
적자 못지않게 있으니. 근사한 말이야—'적자'라!
오냐, 나의 적자여, 만일 이 편지가 성공하면,
그리고 내 계획이 잘되면, 비천한 에드먼드가
적자를 말아먹게 될걸. 내가 큰다, 내가 번창한다.
자, 신들이여, 서자들을 위해 일어서라!

　　　글로스터 등장

글로스터　켄트가 그렇게 추방되었다? 프랑스 왕은 격분하여 떠났
　　　고?
　　　그리고 왕이 어젯밤 떠났어? 왕권 이양에 서명을 했어?
　　　명목상으로만 왕이라고? 이 모든 일이
　　　순간의 충동으로 이뤄졌다고? 에드먼드, 웬일이냐, 할 말이
　　　있느냐?
에드먼드　나리, 없습니다. 〔편지를 감추며〕
글로스터　무슨 편진데 그렇게 기를 쓰고 감추려는 게냐?
에드먼드　아무 소식도 모릅니다, 나리.
글로스터　읽고 있던 게 무엇이냐?
에드먼드　아무것도 아닙니다, 나리.
글로스터　아니다? 그렇다면, 왜, 그리 질겁을 하며 호주머니에 쑤
　　　셔 넣었어? 아무것도 아닌 내용이면 이렇게 스스로 감출 필요
　　　가 없지. 보여 다오. 어서, 아무것도 아니라면, 안경 쓸 필요는
　　　없겠고.
에드먼드　간청컨대, 나리, 용서해 주소서. 형님께서 보낸 편진데,

제가 전체를 일별하지 못했습니다. 그리고 제가 살펴본 데까지는, 그 내용이 나리 보시기에 적당한 내용이 아닙니다.

글로스터 편지를 내게 다오, 이놈.

에드먼드 기분 상하실 텐데요, 그걸 제가 안 내놓든 건네드리든. 내용이, 제가 부분적으로 이해한 바로는, 문제라서.

글로스터 보자, 보여 다오.

에드먼드 부디, 형님을 변명해 드리자면, 그가 이 편지를 쓴 게 그 냥 저의 덕성을 떠보려 한 것이면 좋겠네요.

글로스터 〔읽는다〕 '연장자들 위주의 기성 체제는 인생의 절정을 맞은 사람들한테 앙심을 품게 하지. 재산을 주지 않는 거야, 우리가 늙어서 그 맛을 즐길 수 없을 때까지 말야. 난 노쇠한 폭군의 압제가 나태하고 멍청한 예속으로 느껴지기 시작했어. 폭군이 제멋대로 구는 것은 힘이 있어서가 아니라, 우리가 참아 주기 때문이지. 내게 오렴, 이 문제에 대해 좀 더 얘기하자꾸나. 내가 깨울 때까지 아버지가 잠을 자게 된다면, 넌 아버지 재산 중 절반을 영원히 누리게 되는 거야, 그리고 네 형의 사랑을 받으며 살 것이다. 에드가.'

흠—음모로다! '내가 깨울 때까지 아버지가 잠을 잔다면 넌 아버지 재산 중 절반을 누리게 되는 거야'—내 아들 에드가 가! 설마 그의 손이 이렇게 썼단 말인가? 설마 그의 가슴과 두뇌가 이 일을 생각해 냈단 말인가? 이게 언제 네게 왔느냐? 누가 가져왔어?

에드먼드 가져온 게 아닙니다, 나리, 아주 교활한 게요, 제 방 창에 던져 놓았더라고요.

글로스터 필적은 네 형 것 맞느냐?

에드먼드 내용만 좋다면, 나리, 맹세코 그분 필적이라 하겠습니다. 하지만 내용을 보면, 당치 않다고 하고 싶군요.

글로스터 그의 필적 맞구나.

에드먼드 그분 필적입니다. 나리, 그러나 마음이 담겨 있는 내용은 아니겠지요.

글로스터 그가 전에 이런 문제로 네 의견을 타진한 적은 없었느냐?

에드먼드 한 번도요, 나리. 하지만 형님이 주장하시는 건 들은 적이 있어요. 아들이 어른이 되면, 그리고 아버지들이 쇠약해지면, 아버지는 아들에게 피후견인과 같다, 그리고 아들이 그의 재정을 관리하는 게 맞다고요.

글로스터 오 나쁜 놈, 나쁜 자식! 편지 내용 그대로잖아! 소름끼치는 악당! 자연에 어긋나는, 혐오스러운, 잔혹한 악당! 가라, 이 놈아, 그를 찾아봐. 체포하리라! 구역질 나는 악당! 그는 어디 있나?

에드먼드 잘 모르겠습니다, 나리. 형님에 대한 분노를 잠시 가라앉히시고 의도를 좀 더 확실하게 알아보시는 게 어떻겠습니까. 그러시려면 확실한 절차를 밟으셔야지요. 그렇지 않고, 나리께서 본심을 오해, 마구 윽박질러 대기만 하실 경우, 나리 자신의 명예에 커다란 구멍이 나고 또 형님의 복종심이 산산조각으로 부서질 겁니다. 제 목숨을 걸고 단언컨대 형님은 나리에 대한 제 애정을 직접 가늠해 보려고 쓰신 겁니다. 해를 끼칠 더 이상의 의도는 없었어요.

글로스터 그렇게 생각하나?

에드먼드 괜찮으시다면, 형님과 제가 이 일로 의논하는 것을 나리께서 엿들어 보시죠. 그리고 귀로 실컷 확인하시는 겁니다. 더

미룰 것도 없이 바로 오늘 저녁에요.

글로스터 오 그가 이런 괴물이라니―.

에드먼드 괴물이 아니라니까요, 나리.

글로스터 제 아버지한테, 그토록 그윽하게 또 전적으로 내가 저를 사랑하는데도, 하늘이여, 땅이여! 에드먼드, 그를 찾아내. 그가 속마음을 털어놓도록 유도해 보거라, 네 판단대로 일을 꾸며 보렴. 난 모든 일을 폐하고 의문점을 풀리라.

에드먼드 그를 찾아보겠습니다, 나리. 즉시. 가능한 대로 일을 수행하고, 나리께 보고를 드리겠습니다.

글로스터 최근의 일식 월식은 전조가 좋을 게 없어. 자연과학은 그걸 이렇게 저렇게 설명하겠지만, 자연 자신은 잇따르는 결과로 채찍질을 당하게 되지. 사랑이 식고, 우정이 떨어져 나가고, 형제가 갈라진다. 도시에서는 폭동, 시골에서는 불화, 궁정에서는 반역, 그리고 아들과 아버지 사이 혈연이 금 간다. 악당 내 자식놈이 예언에 들었잖나, 아들이 아버지에 맞서느니. 왕은 자연의 보울링 선을 벗어난다. 아버지가 자식에게 맞서느니. 좋은 날은 지나갔어. 음모, 불성실, 기만, 그리고 온갖 파멸적인 무질서들이, 불안하게 우리를 따라온다, 무덤까지. 이 악당을 찾아내라, 에드먼드. 너는 아무 손해도 안 볼 것이야. 실수 없게 하거라. 그래 그 숭고하고 마음씨 진실한 켄트가 추방되다니! 죄목은, 정직하기 때문이라! 이상하지 않은가! 〔퇴장〕

에드먼드 세상에 멍청한 일도 다 있지, 뜻한 대로 잘되지 않으면, 종종 자기 자신의 행동 과잉 때문이건만, 재앙의 책임을 해에게, 달에게, 그리고 별에게 돌리다니! 마치 어쩔 수 없이 악당

이라는 듯이, 하늘의 강제로 멍청해졌다는 듯이, 무뢰한, 도둑
놈, 그리고 사기꾼, 그런 것들이 천체의 지배로, 고주망태, 거
짓말쟁이, 그리고 간음자들이, 천체 영향에 복종을 강요당해
그리 되었다는 듯이, 그리고 우리의 온갖 사악한 짓을, 신들이
등 떠민다는 듯이. 놀라운 밀통꾼의 변명이로다. 자신의 호색
한 염소 기질을 별 탓으로 돌리다니! 내 아버지는 내 어머니
와 용꼬리 아래서 뒹굴었고, 난 큰곰자리 아래 태어났지, 따라
서 결론은, 나는 거칠고 음탕하다. 예수 발바닥 같은 소리! 나
는 어쨌든 지금의 나일 터, 설령 창공의 가장 처녀다운 별이
나의 야합 탄생에 반짝였더라도. 에드가—.

　　　〔에드가 등장〕

큐 사인에 그가 오는군, 옛날 코미디의 파국처럼. 내 큐는 악
한의 우울증이로다. 미치광이 시늉 거지 베들레헴의 톰처럼
한숨을 쉬는. 오, 정말 이런 일식 월식들이 이런 사회 붕괴를
예고하는구나. 음악의 악마처럼, 파, 솔, 라, 미.

에드가　어떠냐, 동생 에드먼드? 무슨 생각을 그리 심각하게 하는
　　거야?

에드먼드　생각하고 있었어, 형, 어제 읽은 예언을, 요즘 일식 월식
　　이 어떤 결과를 낼지.

에드가　그것 때문에 그리 골똘했던 게야?

에드먼드　들어 봐, 그가 적어 놓은 결과들은 불행의 연속이라구.
　　이를테면 자연의 정도를 벗어난다, 자식과 부모 사이가. 죽음,
　　기근, 오래된 친목의 해체, 국가 내 분열, 왕과 귀족들을 겨냥
　　한 위협과 비방, 근거 없는 의심, 친구들의 추방, 세력의 분산,
　　결혼의 파경, 그리고 이루 다 말할 수 없지.

에드가 언제부터 점성술 신봉자가 된 거냐?

에드먼드 아니, 그게 아니고! 아버님을 마지막으로 뵌 게 언제지?

에드가 왜, 어젯밤인데.

에드먼드 아버지와 얘기를 나누었고?

에드가 그럼, 두 시간 동안 함께.

에드먼드 좋게 헤어졌나? 말투나 안색에 기분 나빠하시는 내색은 없었어?

에드가 전혀.

에드먼드 형이 아버지를 화나게 한 게 없는지 잘 생각해 봐, 그리고 부탁인데 그분을 피하라고, 그분 불쾌감의 열기가 식을 때까지. 지금은 너무도 화가 나셔서 형 모습을 보면 뻔뻔스런 놈이라고 더 길길이 뛰실걸.

에드가 어떤 나쁜 놈이 나를 중상모략했군.

에드먼드 그런 것 같아. 제발 부탁이니, 아버님의 분노가 좀 누그러질 때까지 출현을 자제해. 그리고, 내 말대로, 내 거처로 가자구. 거기서 적당한 때 아버님 말씀하시는 걸 듣게 해 줄 테니까. 제발, 가 있어! 여기 방 열쇠야. 바깥으로 나올 때는, 무장을 해.

에드가 무장을, 동생?

에드먼드 형, 내 말 듣는 게 최선이야. 무장하고 다녀야 해. 내 말을 믿으라고, 형한테 모든 점이 불리해. 내가 보고 들은 것을 형한테 말해 주는 거야. 단 어렴풋하게만, 그 모습과 공포는 이루 말 못하지. 제발, 어서 가!

에드가 너도 곧 올 거냐?

에드먼드 물론, 내 일이기도 하니까.

〔에드가 퇴장〕

잘 속아 넘어가는 아버지, 그리고 숭고한 형,
본성이 남을 해코지하는 것과 너무도 무관하여,
아무도 의심치 않는. 두 사람의 어리석은 정직을 타고
나의 음모는 잘 달리누나! 뭘 해야 할지 분명해졌어.
출생으로 불가능하다면, 지력으로 땅을 차지하는 거야.
내 목적에 소용만 된다면 뭐든지 좋아.

퇴장

1막 3장
올버니 공작의 성

꿰

고네릴과 그녀의 집사 오스월드 등장

고네릴 아버지께서 자기 바보광대를 꾸짖었다고 내 신하를 때렸다?
오스월드 그렇습니다. 마님.
고네릴 밤낮으로 날 엿먹이시는군. 매시간마다
　　　지독한 짓거리들을 두서없이 저질러 대니,
　　　온통 말썽뿐이잖아. 이건 못 참지.
　　　그분 기사들이 난폭해진다. 그리고 그 자신은 우릴 꾸짖어
대지,
　　　사소한 것 하나 놓치지 않고. 그분이 사냥에서 돌아오면,
　　　말을 나누지 않을 것이야. 아프다고 하시게.
　　　옛날의 임무를 네가 소홀히 하는 게,
　　　잘하는 일일 게야. 그 잘못은 내가 답해 주리라.
오스월드 오고 계십니다, 마님, 오시는 소리가 들려요.

　　　안에서 호른 소리

고네릴 짜증 나고 태만한 태를 한껏 내시게,
　　　자네 그리고 자네 하인들도. 그게 문제가 되게끔.
　　　싫으면, 동생한테 가시라지.

그런데 동생과 나는 기질이 같단 말야.

눌리는 건 질색이지. 멍청한 노인네,

아직도 그런 권위를 누리려 하다니,

자기가 줘 버려 놓고! 자, 내가 보니까,

늙은 바보들은 다시 어린애가 돼, 그러니

꾸짖는 게 달래는 셈이지, 버릇이 나빠지면 말야.

내 말 명심하게.

오스월드 네, 마님.

고네릴 그리고 그분 기사들도 쌀쌀맞게 대하게.

그래서 무슨 일이 생겨도, 상관없어, 자네 하인들에게도 그

렇게 이르게.

내 속내를 표현할 수 있는 상황을 만들어 내면 좋은데,

아니 만들어 낼 거야. 동생에게 단도직입적으로 써야겠군,

정확한 절차를 밟아야지. 저녁 준비를 하게.

모두 퇴장

1막 4장

같은 장소

관트, 변장한 모습으로 등장

켄트 억양도 다른 사람 걸 빌려서
내 목소리를 변장할 수 있다면, 내 선한 의도가
끝까지 통하여 내가 털 깎고 변장한
온전한 성과에 가 닿을 수 있을 텐데. 자 추방당한 켄트여,
형을 선고받은 곳에서 그대가 복무할 수 있다면,
그렇게 하여, 그대의 주인, 그대가 사랑하는 그분에게
노고를 다하리로다.

안에서 호른 소리. 리어, 기사들과 시종들 등장

리어 한시도 지체 없이 저녁을 차려라. 어서 가서 준비해.
　　　　〔시종 한 명 퇴장〕
　　　〔켄트에게〕 뭐냐! 자넨 누군가?

켄트 사람입니다, 나리.

리어 뭐 하는 자야? 짐한테 무슨 볼일인가?

켄트 보시는 바대롭죠, 그 이하는 결코 아니고요. 저를 신뢰하시
는 분을 진심으로 모시는 게 제 일입니다. 정직한 분을 사랑
하는 일, 현명하고 말이 없는 분과 사귀는 일, 판단을 두려워

하는 일, 싸워야 할 때는 싸우는 일, 그리고 가톨릭과 달리 물고기를 먹지 않는 일.

리어 넌 뭐야 도대체?

켄트 아주 성심이 있는 놈입니다. 그리고 왕처럼 가난하구요.

리어 신하가 왕에 비해 가난한 만큼 신하에 비해 가난하다면, 내가 너만큼 가난하겠다. 원하는 게 뭐냐?

켄트 모시는 겁니다.

리어 누구를 모셔?

켄트 당신을요.

리어 나를 아느냐, 이놈?

켄트 모릅니다, 나리, 하지만 제가 기꺼이 주인님이라 부르고 싶은 면이 나리 얼굴에 깃들어 있습니다.

리어 그게 뭔데?

켄트 권위입니다.

리어 무슨 일을 할 수 있는데?

켄트 비밀을 지킬 수 있구요, 말 타고, 달리고, 요상한 얘기는 하면서 망가뜨리고, 그리고 꾸밈없는 메시지를 무뚝뚝하게 전달하고, 보통 사람 할 만한 일이, 제게 적임이죠. 그리고 저의 최대 장점은 근면하다는 겁니다.

리어 몇 살이나 먹었는가?

켄트 노래 부르는 걸로 한 여인을 사랑할 만큼 젊지도 않고, 무조건 여자한테 망령 들 만큼 늙지도 않았습죠. 제 등에 진 세월이 48년입니다.

리어 나를 따르라, 내 시중을 들게 하리라. 저녁 식사 후에도 더 싫어지지 않는다면, 그대를 내쫓지 않으리라. 저녁, 호 저녁을

대령하라! 그놈은 어디 갔나? 내 바보광대는 어딨어? 너 가
서, 바보광대를 이리 불러오너라.

〔시종 한 명 퇴장〕

〔오스월드 등장〕

너, 너 말이다, 이놈아, 내 딸은 어디 있느냐?

오스월드 저 그게 ─. 〔퇴장〕

리어 저놈이 뭐라는 게야? 저 멍텅구리를 다시 불러.

〔기사 한 명 퇴장〕

내 바보광대는 어딨지, 응? 세상이 온통 잠든 것 같구나.

〔기사 재등장〕

어찌 됐나! 그 잡놈은 어딨어?

기사 그의 말이, 폐하, 폐하 따님 몸이 안 좋으시답니다.

리어 왜 그 하인 놈은 내가 불렀는데도 다시 오지 않는 게야?

기사 폐하, 그가 아주 퉁명스럽게 답했습니다, 오지 않겠다고요.

리어 오지 않겠다!

기사 폐하, 어찌된 영문인지 모르겠나이다. 그러나, 제 판단으로,
폐하께서는 예전의 공손한 애정을 대접받지 못하고 계시옵니
다. 공작님 자신과 폐하 따님은 물론 일반 하인들까지도 아주
냉랭해졌사옵니다.

리어 하! 그렇단 말이지?

기사 제가 잘못 본 거라면, 폐하, 부디 용서하소서. 폐하가 부당한
대우를 받을 때 신의 의무는 입을 다물 수 없음이옵니다.

리어 그대는 내 자신의 생각을 상기시켜 주었을 뿐이로다. 최근
들어 아주 미미하나마 날 소홀히 대하는 기미를 나도 느꼈지,
그것을 나는 진정 불친절의 의도와 목적이라기보다는 내 자

신의 질시 어린 결벽증 때문이겠거니 했는데. 좀 더 자세히 눈
여겨봐야겠노라. 근데 내 바보광대는 어딨지? 못 본 지 이틀
이나 되었거늘.

기사 막내 공주님께서 프랑스로 가신 이래, 폐하, 바보광대가 시
    름으로 매우 수척해졌습니다.

리어 그 얘기는 그만, 나도 잘 알고 있어. 가서 내 딸에게 얘기를
    좀 하잔다고 이르게.

    〔기사 퇴장〕

    가라, 내 바보광대를 불러와.

    〔시종 한 명 퇴장〕

    〔오스월드 재등장〕

    오, 너 이놈, 너! 이리 오너라, 이놈. 내가 누구냐, 이놈?

오스월드 저의 마님의 아버님이십니다.

리어 저의 마님의 아버님이라! 이런 경을 칠 놈! 부모도 없는 개
    같은 놈! 노예 같은 놈! 똥개 망종 같은 놈!

오스월드 당치 않으십니다, 폐하, 용서하소서.

리어 날 째려본다 이거지, 이 악당 같은 놈이!

    그를 때린다.

오스월드 왜 때리십니까, 폐하.

켄트 딴죽 거는 것도 싫겠지. 이 비천한 족구쟁이 같으니라구.

    그의 발뒤축에 딴죽을 건다.

리어 고맙구나, 좋은 놈, 도움이 됐어, 그러니 너를 사랑하겠노라.

켄트 〔오스월드에게〕 뭐 하느냐, 이놈, 일어나, 꺼져라! 어느 안전이

라고 감히 이놈. 꺼져, 어서! 또 한 번 바닥에 쭉 뻗고 싶으면, 니 맘대로. 하지만 꺼져! 가란 말야! 대가리에 든 게 그렇게 없나? 자.

　　　　오스월드를 밖으로 떠밀어 낸다.

리어　그래, 내 편인 자네, 고맙도다. 〔켄트에게 돈을 주며〕 복무에 대한 보답으로 이걸 주노라.

　　　　바보광대 등장

바보광대　저도 그를 고용하지요. 내 광대 모자를 주노라.

　　　　켄트에게 그의 모자를 건넨다.

리어　오 그래, 이쁜 놈! 어떻게 지내느냐?
바보광대　이놈아, 넌 내 광대 모자를 받는 게 좋을 것이다.
켄트　왜, 바보야?
바보광대　왜긴, 눈 밖에 나는 역할을 맡았으니까 그렇지. 아무렴, 바람 따라 미소 짓지 못하면, 감기는 따 놓은 당상 아닌가. 자, 내 광대 모자를 받으라구. 왜냐 이 양반은 양반랍시고 두 딸을 추방했고, 셋째 딸에게 본의 아닌 축복을 내렸지 뭔가. 그를 따른다면, 자넨 내 광대 모자를 쓸 필요가 분명 있어. 어떠시오, 내 아저씨! 오 광대 모자 두 개와 딸 두 명이 있어야 할 텐데!
리어　왜, 이 녀석?
바보광대　그들한테 내 재산 전부를 주더라도, 광대 모자 두 개는 내가 갖고 있어야지. 두 배로 바보가 된 거니까. 내 건 여기 있어, 다른 하나는 당신 딸들한테 달라고 해 보시지.

리어 조심하거라, 이놈, 회초리 맞을라.

바보광대 진실은 개 같아서 개집으로 들어가야지, 회초리로 흠씬
        맞아야 하고, 애완용 암컷 사냥개는 난로 옆에서 악취를 풍기
        는데.

리어 거 참 성가시고 쓰린 말이로다!

바보광대 이놈, 내가 한 수 가르쳐 주지.

리어 얼씨구.

바보광대 잘 들어, 아저씨.

              그대 외모보다 더 많이 갖고 있어라,

              그대 아는 것보다 적게 말해라,

              그대 가진 것보다 적게 빌려 줘라,

              그대 걷는 것 이상으로 타고 가라,

              그대 믿는 것 이상으로 들어라,

              단 한 번 주사위에 모든 걸 걸지 마라,

              버려라, 술과 창녀를,

              그리고 방 안에 쩡박혀 있어라,

              그러면 그대 갖게 되리라,

              20에 20 이상을.

켄트 아무것도 아니잖아, 바보야.

바보광대 그렇담 사례 없는 변호사 변론 같은 거지, 넌 내게 아무
        것도 사례를 안 했잖아. 아저씨는 아무것도 아닌 걸 전혀 못
        써먹나요?

리어 물론, 못 써먹지, 녀석하고는, 아무것도 아닌 것에선 아무것
      도 나올 수 없잖니.

바보광대 〔켄트에게〕 부디, 그에게 일러 주게, 그의 땅 도지도 마찬가
    지라고. 그는 바보 말은 믿지 않으니까.
리어 신랄한 바보로다!
바보광대 아는가, 자네, 신랄한 광대와 달콤한 광대의 차이를?
리어 모른다, 이놈아, 가르쳐 다오.
바보광대 자네 땅을 다 줘 버리라고
        자네한테 진언하던 그 대신을,
        와서 여기 내 곁에 서게 하게,
        자네는 그를 대변하고,
        그럼 달콤한 바보와 신랄한 바보가
        등장하는 거야.
        알록달록 복장은 여기로,
        다른 바보는 저기로.
리어 날 바보라 하는 게냐, 이놈?
바보광대 다른 칭호들은 다 줘 버렸잖아, 태어나면서 지녔던 것들은.
켄트 완전 바보는 아니군요, 폐하.
바보광대 아니지, 아암, 대신과 잘난 놈들이 그렇게 놔두겠나, 내가
    바보를 독점하려 해도, 그들이 지분을 챙기려 할걸. 그리고 숙
    녀 분들도 그래, 온갖 바보를 나 혼자 갖게끔 내버려 두지 않지,
    채갈 거야. 아저씨, 계란을 한 개 줘 봐. 그러면 내가 두 크라운
    을 내지.
리어 두 크라운이라니?
바보광대 이런, 내가 계란 한중간을 자른다, 그런 다음 안에 든 것을
    후룩 마신다, 그러면 계란의 크라운 두 개가 남지. 자네는 왕관을
    둘로 쪼갠다, 그런 다음 양쪽 모두 줘 버린다, 그러면 자네는 오물

에 미끄러져 엉덩이를 등에 지게 된다. 황금 왕관을 주어 버린 자네 대머리 왕관 속엔 분별이 별로 없었던 게야. 이게 나다운 소리라면, 그걸 우선 눈치 채는 자 회초리 맞아야지.

〔노래한다〕

요즘 바보들은 눈 밖에 났다네,

현명한 자들이 바보 멍청이보다 한술 더 뜨니까,

제정신을 어떻게 해야 할지 쩔쩔맨달까,

하는 짓은 남의 흉내뿐이고.

리어 그런 노래를 다 부르다니 웬일이냐, 이놈아?

바보광대 연습했어, 아저씨, 니가 니 딸을 니 에미로 만든 이래 내내. 니가 그들에게 회초리를 넘겼으니까, 그리고 니 자신의 바지를 내렸으니까.

〔노래한다〕

그러자 그들은 급작스런 기쁨에 울어 버렸지,

그리고 나는 슬픔에 노래 불렀네,

이런 왕이 애들 놀이를 하다니,

그리고 바보들 틈에 섞이다니.

부탁이야, 아저씨, 니 바보한테 거짓말하는 법 가르쳐 줄 학교 선생 좀 모셔 줘 봐. 나는 기꺼이 배울 거야, 거짓말하는 걸.

리어 거짓말하면, 이놈아, 회초리 맞는다니까.

바보광대 놀래라, 너와 니 딸들은 어찌 그리 한통속이냐. 그들은 진실을 말한다고 날 때리지, 너는 거짓말한다고 날 때리지, 그리고 때때로 입을 다문다고 때리고 말야. 바보만 아니라면 다른 종류도 좋겠다. 그렇지만 니가 되지는 않을 거야, 아저씨, 너는 제정신을 양쪽에서 잘라 냈으니까. 그리고 중간에 아무것도 안 남겼으니까. 잘라 낸 한쪽이 오는군.

　　　고네릴 등장

리어　어쩐 일이냐, 딸아! 이마에 띠는 웬일이야? 최근 들어 네가
　　　이마를 찌푸리는 일이 너무 잦은 것 같구나.
바보광대　그녀가 찌푸리는 걸 개의치 않을 때가 근사했지. 이제 너
　　　는 앞선 숫자 없는 제로야. 나는 지금의 너보다 낫지. 나는 바
　　　보고, 너는 아무것도 아니니까. 〔고네릴에게〕 예, 알았어요, 입
　　　을 다물게요, 당신 얼굴이 내게 그렇게 명하는군요, 아무 말
　　　없으시지만. 〔노래한다〕
　　　　　음, 음,
　　　　　빵 껍질도 부스러기도 없는 사람은,
　　　　　모든 게 지겨워도, 좀 필요한 법.
　　　〔리어를 가리키며〕 저건 속이 텅 빈 완두 꼬투리야.
고네릴　보세요, 아버지, 이렇게 안하무인인 아버지의 광대뿐 아
　　　니라,
　　　　아버지가 거느리는 다른 무례한 자들도
　　　　매시간마다 투덜거리고 쌈박질을 해 대고, 그예 번져 가죠,
　　　　추잡하고 묵과할 수 없는 난동으로. 아버지,
　　　　제 생각은 그랬어요, 이런 것을 어르신에게 잘 말씀드려서,
　　　　확실하게 고쳐 보자고요. 하지만 이제 겁이 나네요,
　　　　최근 어르신 자신의 말씀과 행동이,
　　　　이런 식으로 계속 간다, 그리고 더욱 강도를 높인다,
　　　　내가 허락한다, 그런 투였으니까요. 그렇게 나오신다면, 잘
　　　못은

비난을 면치 못할 겁니다. 교정도 잠자지 않을 거고.

이것은, 공공의 안녕을 위해

효력을 발하며, 아버지한테는 해가 될지 모르고,

그건 다른 경우 수치스럽다 하겠으나, 불가피한 상황이라

현명한 조치가 되겠죠.

바보광대 왜냐면, 알잖아, 아저씨,

바위종다리는 뻐꾸기를 너무 오래 먹여서

뻐꾸기 새끼한테 머리통을 뜯어 먹혔네.

그렇게, 촛불은 꺼지고, 우리는 어둠 속에 버려졌지.

리어 네가 짐의 딸 맞느냐?

고네릴 자, 어르신.

난 어르신이 그 훌륭한 지혜를 활용하셨으면 하네요.

어르신은 지혜로 가득 찬 분이니까요. 그리고 집어치우세요,

그런 짜증들, 그런 게 최근 어르신을

원래 제 모습에서 흐트러뜨리는 거예요.

바보광대 얼간이라도 알지 않을까, 마차가 말을 끌 때는?

씩씩거리네, 창녀 년! 널 사랑한다구.

리어 여기 나 아는 자 누구 있나? 이건 리어가 아냐.

리어가 이렇게 걷나? 이렇게 말하나? 그의 두 눈은 어딨지?

그의 지능이 약해졌거나, 그의 분별이

혼수상태거나―하! 내가 깨어 있나? 그렇지 않아.

내가 누군지 말해 줄 수 있는 자 누구인가?

바보광대 리어의 그림자.

리어 그걸 알고 싶군. 주권, 지식, 그리고 이성으로 보건대, 누가

내게 거짓 생각을 주입해야 하거든, 내게 딸들이 있다는.

바보광대 복종하는 아버지로 만들려 하는.

리어 〔고네릴에게〕 이름이 뭐요, 아름다운 숙녀 분께서는?

고네릴 이렇게 경악을 과장하시는 걸 보니, 어르신, 충분히
     짐작이 가네요, 어르신이 새로 꾸밀 못된 장난들이. 정말 청하
노니
     제 뜻을 제대로 이해해 주세요.
     나이 들고, 존경받을 만하므로, 어르신은 현명하셔야 해요.
     이곳에서 어르신은 백 명의 기사와 그 종자들을 거느리지요.
     그 사내들이 너무 무질서하고, 음탕하고 또 뻔뻔스러워서,
     이곳 궁정이, 그들 하는 짓거리에 오염되어,
     술 마시고 떠드는 여인숙처럼 보일 정도예요. 식탐과 육욕 때
문에
     차라리 선술집 혹은 갈보집처럼 보일망정
     명예로운 궁정으로는 안 보인단 말예요. 그 치욕 자체가
     즉각 시정을 주장할 정돕니다. 그렇다면 원컨대
     제 말대로, 나머지는 그렇다 치고 청컨대,
     수행원 수를 줄이셔야죠.
     그리고 계속 남아 있게 될 사람은,
     어르신 나이에 걸맞은 자들,
     그리고 자기 처지와 어르신을 아는 자들로 하시고요.

리어 암흑과 악마들이여!
     내 말에 안장을 올려라! 내 종자들을 불러 모아라!
     아비 없는 타락한 년 같으니! 널 성가시게 하지 않을 것이로다.
     아직 딸이 하나 남아 있으니.

고네릴 어르신은 제 사람들을 때렸어요, 그리고 어중이떠중이들이

상급자들을 하인처럼 대했다구요.

　　　올버니 등장

리어　너무 늦게 뉘우치는 자에 비탄 있으라! ─ 〔올버니에게〕
　　　오, 자네, 왔는가?
　　　자네 생각인가? 말해 보게, 자네. 내 말을 준비하라!
　　　배은망덕, 가슴이 대리석인 너,
　　　어린아이의 표정에 깃들 때 더 끔찍하도다,
　　　바다 괴물보다도!
올버니　제발, 어르신, 참으소서.
리어　〔고네릴에게〕 가증스런, 썩은 고기나 먹는 매 같은 년! 거짓말
　　　하지 마라.
　　　내 종자들은 가려 뽑고 자질이 드문 사람들이야,
　　　의무의 온갖 세부 사항을 알고 있다.
　　　그리고 아주 꼼꼼하게 떠받들지,
　　　그들 이름에 할당된 명예를. 오 아주 작은 결함,
　　　그것이 코델리어 속에서 어찌 그토록 추해 보였던가!
　　　그것이, 기계처럼, 내 본성의 틀을 비틀어 돌렸도다,
　　　고정된 장소로부터. 내 가슴에서 온갖 사랑을 뽑아냈도다,
　　　그리고 담즙을 더했도다. 오 리어, 리어, 리어!
　　　쳐라, 이 문을, 네 어리석음을 들어오게 한, 〔자기 머리를 때리며〕
　　　그리고 네 정확한 판단을 내쫓은! 가자, 가자꾸나, 시종들아.
올버니　폐하, 전 죄가 없습니다, 모르니까요,
　　　무엇 때문에 이리 흥분하셨는지.
리어　그렇겠지, 경.

들으라, 자연이여, 들으라! 친애하는 여신이여, 들으라!

그대의 목적을 연기하라. 정말

이 짐승이 열매 맺게 하려는 의도라면!

심으라, 그녀 자궁 속에 불임을!

그녀 안에 든 증식의 기관을 말려 버리라,

그러면 결코 없으리로다. 그녀의 타락한 몸에서

아이가 솟아 그녀를 존경하게 될 일은! 굳이 낳아야 한다면,

악의에 찬 아이를 만들어 주라. 그것이 살아

위협을, 자연에 어긋난 고통을 그녀에게 가하도록!

그것이 그녀 청춘의 이마에 주름을 낙인찍게 하라,

흘러내리는 눈물로 수로를 파게 하라. 그녀 두 뺨에,

그녀 모성의 온갖 심려와 인자한 행동을

비웃고 또 경멸하라. 그러면 그녀가 느끼리로다.

독사 이빨보다 더 모진 고통은

배은망덕한 새끼를 두는 것임을! 떠나자, 멀리! 〔퇴장〕

올버니 저런, 도대체, 어찌된 일이오?

고네릴 이유를 아시면 골치만 아프실 텐데요 뭐,

그냥 성깔 부리게 놔두세요,

노망난 만큼.

리어 재등장

리어 뭐라, 일거에 내 부하 오십 명을?

두 주일 안에?

올버니 무슨 일이십니까, 어르신?

리어 들어 보게나. 〔고네릴에게〕 이럴 수가! 치욕스럽도다,

네가 권력으로 나의 남자다움을 이리 뒤흔들다니,

이 뜨거운 눈물이, 강제로 솟아 나와,

너를 그것에 합당케 하다니. 벼락 맞을 년!

아버지가 내린 저주의 적나라한 상처들이

네 모든 감각을 쑤시리로다! 늙고 어리석은 두 눈이여,

이 명분으로 다시 운다면, 뽑아 버릴 것이다, 너를,

그리고 내팽개쳐 버릴 것이다. 네가 놓쳐 버린 눈물과 함께,

진흙이나 반죽하라고. 그래, 이 지경이 되었나?

그러라 그러지. 아직 딸이 하나 남았다,

그 애는 분명, 상냥하고 위안이 될 거야.

그 애가 네가 한 짓을 들으면, 손톱으로

껍질을 벗겨 낼 거다, 네 늑대 같은 얼굴의. 너는 보게 되리라,

내가 영원히 벗어 던졌다고 네가 생각하는

그 모습을 내가 되찾는 것을. 그럴 거야, 확실히.

리어, 켄트, 그리고 시종들 퇴장

고네릴 유심히 보시네요, 여보?

올버니 그렇게 편파적일 리야, 고네릴,

　　　내가 당신에 대해 품는 사랑이 얼마나 큰데ー.

고네릴 잠깐, 말씀하지 마세요. 여봐라, 오스월드 있느냐!

　　　〔바보광대에게〕 너는, 바보라기보다 악당이로군, 네 주인을 따

　　　라가!

바보광대 리어 아저씨, 리어 아저씨, 잠깐 기다려, 바보를 데려가

　　　야지.

　　　　　여우는, 사로 잡는 즉시,

그리고 이런 딸도,

확실히 보내야 해, 도살장으로,

내 모자로 목매는 밧줄을 사겠나,

그래서 바보는 뒤를 따르지. 〔퇴장〕

고네릴 말하기를 정말 잘했어요!─기사 백 명?

그가 기사 백 명을 무장 상태로 거느리게 두는 게

사려 깊고 안전한 일일까요? 그렇죠, 꿈을 꿀 때마다,

매 소문마다, 매 공상, 매 불만, 매 싫은 일마다,

그가 자신의 망령을 그들 세력으로 지키고,

그리고 우리 목숨을 좌지우지해서는 안 되죠. 오스월드, 어

딨나!

올버니 근데, 걱정이 너무 멀리 나간 듯도 한데.

고네릴 믿음이 너무 멀리 나간 것보다는 안전하죠.

난 걱정되는 해악을 미리 치워 버리는 쪽이에요,

항상 걱정에 사로잡히기보다는. 그의 생각을 알지요.

그가 발설한 것을 동생한테 편지로 전하게 했어요.

그 애가 아버지와 그 기사 백 명을 허용한다면,

내가 마음 내켜하지 않았는데도─.

〔오스월드 재등장〕

어떻게 됐나, 오스월드!

그래, 내 동생한테 보내는 편지는 썼나?

오스월드 네, 마님.

고네릴 사람을 몇 대동하게, 그리고 빨리 말을 타!

동생에게 나의 세세한 걱정을 모두 알려 줘,

그리고 거기다 자네 나름의 이런저런 이유를 덧붙여서

좀 더 그럴듯하게 설명을 하라고. 어서 떠나시게.

그리고 서둘러 돌아와.

〔오스월드 퇴장〕

아니, 아니죠, 여보.

당신의 그 우윳빛 부드러움과 방식은,

그걸 제가 힐난하는 건 아니지만요. 그래도, 이런 표현 용서

하세요.

당신은 지혜가 모자란 게 비난거리지

해로운 온화함으로 상찬받을 일이 아니란 거죠.

올버니 당신 눈은 어디까지 꿰뚫어볼지 모르겠다니까.

더 좋은 결과를 추구하다 보면, 좋은 상태를 망치는 일이 종

종 있어요.

고네릴 아니, 그때는—.

올버니 그만, 됐어요. 시간이 말해 주겠지.

모두 퇴장

1막 5장
올버니의 성 앞

리어, 켄트, 그리고 바보광대 등장

리어 먼저 글로스터로 가거라. 이 편지를 가지고. 편지를 보고 내 딸이 묻는 것에만 사정을 알려 줘. 이것저것 아는 대로 떠들지 말고. 부지런히 가지 않으면, 내가 자네보다 먼저 그곳에 닿을 게야.

켄트 잠을 자지 않겠습니다, 주인님, 주인님 편지를 전할 때까지는요. 〔퇴장〕

바보광대 사람 두뇌가 발뒤꿈치에 있다면, 동상 걸릴 위험이 있지 않을까?

리어 그렇겠지, 녀석.

바보광대 그렇담, 부탁이니, 기뻐하시라, 니 제정신에 슬리퍼 신길 일이 없을 테니.

리어 하, 하, 하!

바보광대 다른 딸이 친절하게 대해 주는 걸 너는 보게 될 게야. 비록 그녀은 능금이 사과 닮듯 이년을 닮았지만, 그래도 난 말할 수 있거든, 내가 뭘 말할 수 있는지.

리어 뭐야, 뭔 말을 네가 할 수 있다는 거야, 이놈아?

바보광대 그년 맛도 이년 맛 같을 거야, 능금 맛이 능금 맛 같듯. 너

말할 수 있겠니. 왜 사람 코가 사람 얼굴 한중간에 있는지?

리어 아니.

바보광대 이런, 코 한쪽씩을 눈이 감시하는 거야. 그러다 냄새 맡는 게 여의치 않을 경우 눈이 스파이질을 하려는 거지.

리어 그 애한테 몹쓸 짓을 했어.―

바보광대 말할 수 있니, 왜 굴이 제 껍질을 만드는지?

리어 아니.

바보광대 나도 몰라, 하지만 왜 달팽이한테 집이 있는지는 알지.

리어 왜?

바보광대 왜긴, 머리를 집어넣기 위해서지. 자기 딸들에게 그걸 줘 버리지 않기 위해서고, 그리고 그의 뿔에 보호용 덮개가 없으면 안 되기 때문이야.

리어 난 차라리 내 본성을 잊어버리겠어. 그렇게 상냥한 아버지라니! 말들은 준비됐나?

바보광대 니 나귀들이 채비하러 갔어. 묘성 일곱 개의 숫자가 일곱 개가 아닌 이유는 쌈빡하지.

리어 여덟 개가 아니기 때문 아냐?

바보광대 맞았어, 정말. 너는 훌륭한 바보 소질이 있구나.

리어 어쩔 수 없이 또 생각이 나네! 배은망덕이라는 괴물!

바보광대 니가 내 바보광대라면, 때 아니게 늙었다며 너를 두들겨 팼을 거야.

리어 어째서 그런가?

바보광대 현명해진 연후에 늙었어야지.

리어 오, 나를 미치게 하지 말아 다오, 마음씨 고운 하늘이여! 내 제정신을 유지해 다오, 나는 미치지 않을 거야!

〔신사 등장〕

어찌 됐나, 말은 준비됐나?

신사 준비됐습니다, 폐하.

리어 〔바보광대에게〕 가자, 이놈아.

바보광대 지금 처녀인 여자, 그러면서 나의 떠남을 비웃는 여자는,

오랫동안 처녀 못하지, 물건들이 더 짧아지지 않고서야.

모두 퇴장

제2막

그대들 여기 나를 보아 다오, 불쌍한 늙은이를,
나이만큼 슬픔도 가득 찬, 나이와 슬픔으로 비참한 늙은이를!

2막 1장
글로스터의 성

에드먼드와 큐란 등장하여 만난다.

에드먼드 신의 가호를, 큐란.

큐란 나리께도요. 나리 아버님과 함께 있었습니다. 그리고 말씀을 드렸죠, 콘월 공작과 리건 공작 부인께서 오늘 밤 여기서 함께 하실 거라구요.

에드먼드 무슨 일인데?

큐란 저야, 모르죠. 해외 소식 들으셨겠지요—귓속말 소식 말입니다, 아직은 귀에 윙윙댈 뿐인 싸움 얘기?

에드먼드 난 모르네. 근데, 무슨 일인데?

큐란 전쟁이 곧 날 것 같다는, 콘월 공작과 올버니 공작 사이가 그렇고 그렇다는 얘기 못 들으셨습니까?

에드먼드 전혀.

큐란 그렇담, 조만간 듣게 되실 거예요. 안녕히 계십시오, 나리.

〔퇴장〕

에드먼드 공작이 오늘 밤 이리로 온다? 더 잘됐군! 최고야! 이건 어쩔 수 없이 내 건수 쪽으로 꼬여 들게 되어 있어. 아버지는 형을 체포하라고 근위병을 풀었다. 그리고 한 가지, 까다로운 문제가 있지,

내가 처리해야 할. 간결함과 행운이여, 나와 함께하라!
형, 잠깐만! 내려와! 형, 내려오라니까!

〔에드가 등장〕

아버지가 감시하셔. 오 형, 여기서 도망쳐!
형이 어디 숨었는지 정보가 샜어.
지금은 밤이라 정말 다행이야.
콘월 공작을 비난하지 않았어?
그가 이리로 오고 있다구, 지금, 이 밤에, 급히,
그리고 리건까지 데리고 말야. 아무 말도 안 했나,
그가 보는 데서 올버니 공작 욕을 한 거 아냐?
잘 생각해 봐.

에드가　아니 분명해, 한 마디도 안 했어.

에드먼드　아버지 오시는 소리가 들리네. 미안!
형한테 칼을 뽑는 시늉을 해야겠어.
뽑아, 방어하는 척해, 자 제대로 연기하라구.
항복하라! 아버지께 가자. 불을 비쳐라, 호, 여기다!
도망쳐, 형. 횃불, 횃불을 가져와! 자 안녕.

〔에드가 퇴장〕

피를 좀 흘리면 좋겠지,

〔팔에 상처를 낸다〕

더 격렬하게 싸운 인상을 줄 테니까. 주정뱅이들은
장난으로 더한 짓도 하던데 뭐. 아버지, 아버지!
서라, 서! 누구 없소?

글로스터. 그리고 횃불을 든 하인들 등장

글로스터 그래, 에드먼드, 그 악당 놈은 어디 있느냐?

에드먼드 여기 어둠 속에 서 있었어요, 날카로운 칼을 빼 들고,
   사악한 주문을 중얼거리며, 달에게 주술을 걸어
   상서로운 정부 노릇을 하게 하면서 ─.

글로스터 그런데 어딨냐니까?

에드먼드 보세요, 나리, 피가 나요.

글로스터 그 악당은 어딨느냐, 에드먼드?

에드먼드 이쪽으로 달아났습니다, 나리. 갖은 수를 써도 안 되니
   까 ─.

글로스터 그를 쫓아라, 호! 추적해.

   〔몇몇 하인들 퇴장〕

   갖은 수를 써도 뭐가 안 돼?

에드먼드 나리를 살해하자는 설득 말입니다.
   제가 그에게 이렇게 말했죠, 복수의 신들은
   아버지 살해를 향해 온갖 벼락을 내리치나니,
   말하라, 얼마나 숱한 겹의 강한 혈연이
   자식을 아버지와 묶어 주는가. 나리, 결국은,
   제가 그 비정상적인 목적에
   얼마나 끔찍이 반대하는지 알고는, 제 목숨을 노려,
   준비된 칼로, 그가 정확히 겨냥했습니다.
   무방비 상태인 제 몸을, 제 팔을 찔렀구요.
   하지만 재빨리 경계에 들어간 제 영혼이,
   정의로운 감투 정신으로, 기꺼이 대적하려 하자,
   혹은 제가 지른 소리에 질겁하였는지,
   삽시간에 도망쳤습니다.

글로스터 멀리 도망치라 하라.

　　　　이 나라에서는 결코 숨지 못하리라,

　　　　그리고 들키면―죽음이로다. 숭고한 공작 분,

　　　　내 소중한 상관이자 후원자인 그분이, 오늘 밤 오시나니,

　　　　그분의 권위로 나는 선포할 것이다,

　　　　그를 찾아내는 자에게 응분의 보상을 하겠노라,

　　　　그 비열한 살인마를 장작더미 화형에 처할 것이매,

　　　　그를 숨겨 주는 자, 사형이라고.

에드먼드 제가 하지 말라고 만류했으나,

　　　　그가 그래도 결연한지라, 심한 말을 해 대며

　　　　고발하겠다 협박했더니, 그의 대답은 이랬습니다.

　　　　"이 상속권도 없는 서자 놈아! 정말 그렇게 생각하느냐,

　　　　만일 내가 너와 대질한다면, 네 따위가 무슨

　　　　신뢰, 미덕, 혹은 가치가 있다고 사람들이

　　　　네 말을 믿을 것 같아? 어림없지. 내가 부인하면―

　　　　난 그럴 거거든, 그래, 네가 설령 내 필적 자체를

　　　　증거로 내민단들―나는 그 모든 것을 돌릴 것이다,

　　　　네가 제안하고, 꾸미고, 지랄 맞게 계획한 일이라고.

　　　　그러면 네가 세상을 온통 멍청이로 만들지 않는 한,

　　　　사람들은 내 죽음의 이윤이야말로

　　　　만삭의 강력한 동기가 되어

　　　　네가 나를 죽이려 하는 거라 생각할 것이야."

글로스터 명백하고 구제할 수 없는 악당이로다!

　　　　자기가 쓴 편지도 부인해? 그런 자식은 낳은 적이 없다.

　　　　〔안에서 화려한 나팔 소리〕

어라, 공작의 나팔 소리다! 왜 오시는가 모르겠지만.
모든 항구를 막아 버려야지, 그 악당이 도망쳐서는 안 되지,
공작이 승인해 주실 거야. 그 밖에, 그놈 초상을
먼 데 가까운 데 보내서, 모든 왕국이
그놈을 눈여겨보게 해야지. 그리고 내 영토에 대해서는,
충직하고 자연스러운 너여, 조치를 취하겠노라,
네가 상속받을 수 있도록.

　　　콘월, 리건, 그리고 시종들 등장

콘월　어떠시오, 숭고한 나의 친구! 이곳에 오고 나서,
　　　이제야 방문하게 되었소만, 이상한 소식을 들었습니다.
리건　그게 사실이라면, 범인을 추격할
　　　온갖 복수도 오히려 모자랄 판이죠. 어떠세요, 경?
글로스터　오, 공주님, 이 늙은 가슴은 금이 갔다오, 금이 갔어요!
리건　정말, 제 아버지의 대자가 경의 목숨을 노렸습니까?
　　　내 아버지가 이름을 지어 준 그가? 경의 에드가가?
글로스터　오, 공작 부인, 공작 부인님, 수치스러워 숨기고 싶어요!
리건　그가 난폭한 기사들과 어울린 건 아닌가요,
　　　내 아버지 시중을 드는 그 기사들과?
글로스터　모르겠습니다, 공주님. 이럴 수가. 어떻게 이런 일이!
에드먼드　맞습니다, 마마, 그가 그들과 어울렸어요.
리건　놀랄 것도 없네요, 그렇담, 그가 악한 마음을 품게 된 것이.
　　　그들이 부추겨 노인장의 죽음을 꾀하게 한 거예요,
　　　노인장 재산을 흥청망청 써 버리려고 말이에요.
　　　오늘 저녁 언니한테서 편지가 왔는데

그들 얘기를 소상히 썼더군요. 그리고 어찌나 주의를 주는지

그들이 내 집에 머물겠다고 오면

난 집에 있지도 않을 작정이에요.

콘월 나도 그러겠소. 정말이오, 리건.

에드먼드, 듣자니 자네가 자네 아버지께

자식의 도리를 다했다더군.

에드먼드 제 의무를 다했을 뿐입니다, 나리.

글로스터 〔콘월에게〕 그가 정말 그놈 계획을 폭로해 주었지요,

그리고 여기 이렇게 상처를 입었습니다. 그를 체포하려다가.

콘월 추적은 시켰소?

글로스터 예, 친절하신 공작님.

콘월 잡히면, 그가 결코 다시

해를 끼칠 걱정 없게 되리로다. 당신 뜻대로 하시오,

내 힘이 필요하면 마음대로. 자네는, 에드먼드,

자네의 미덕과 복종이 이 순간에도

그토록 돋보이는지라, 내 사람으로 삼겠다.

신뢰가 이리 깊은 사람들이 많이 필요한 법이지,

우선 자네를 붙잡겠네.

에드먼드 나리를 모시겠나이다,

진정으로, 설령 다른 건 하찮더라도.

글로스터 〔콘월에게〕 그를 받아 주시니 은총에 감사드립니다.

콘월 우리가 왜 대신을 찾아왔는지 모르시지요—.

리건 이렇게 때 아니게, 검은 눈의 밤을 밟으며 말예요.

일이 생겼어요, 숭고한 글로스터, 다소 중요한,

그래서 당신 말씀을 들어 봐야겠어요.

아버지가 편지에 썼는데, 언니도 썼지만,

싸움이 났다는 거예요. 난 생각했지요. 집에서는 답장을 보내기가

영 마땅찮다고. 훌륭하고 오랜 우리의 친구시여,

가슴을 진정시키세요. 그리고 해 주세요,

절박하게 필요한 당신의 충고를. 이 일은

화급을 요하니까요.

글로스터 분부대로 하지요, 공주님.

두 분 모두 정말 잘 오셨습니다.

모두 퇴장

2막 2장

글로스터 집 앞

켄트와 **오스월드**, 따로따로 등장

오스월드 좋은 새벽, 친구. 이 집 하인이신가?

켄트 그래.

오스월드 말을 어디에 두지?

켄트 진창 속에.

오스월드 이봐 제발, 사랑하는 마음으로, 말해 주시게.

켄트 난 당신을 사랑하지 않아.

오스월드 그래, 그렇담, 당신을 괘념치 않겠소.

켄트 자넬 내 입술 속에 짐승처럼 가두면, 나를 괘념케 될걸.

오스월드 왜 이리 막 대하는 게요? 난 당신을 모르는데.

켄트 이봐, 난 자네를 알아.

오스월드 내가 누군데?

켄트 악한. 악당. 고기 부스러기를 먹는 놈. 천하고, 오만하고, 얄
파하고, 거지 같고, 옷 세 벌짜리, 백 파운드짜리, 더러운, 울
양말짜리 악한 겁쟁이, 툭하면 송사나 벌이는 악한. 부모 없
는, 거울만 쳐다보는, 굽신굽신대는, 꾀까다로운 악당. 거시기
두 쪽밖에 없는 노예. 주인 말이면 뚜쟁이 짓도 할 놈. 그리고
기껏해야 악한, 거지, 겁쟁이, 포주, 그리고 잡종 암캐의 자식

이자 상속자를 합친 놈. 실컷 두들겨 패서 깽깽깽 비명을 내지
르게 만들 놈. 만일 네가 이런 칭호의 한 음절이라도 부인한다
면 말야.

오스월드 이런, 이런 끔찍한 자가 있나, 이렇게 욕을 퍼붓다니 너
도 날 모르고 나도 널 모르는데!

켄트 참으로 낯 두꺼운 악당이로다, 나를 모른다고 하다니! 내가
너의 발뒤꿈치를 딴죽 걸고, 왕 앞에서 너를 팬 지 이틀이나
지났더냐? 칼을 뽑아라, 이 악당! 비록 밤이지만, 달빛이 비추
나니. 칼을 뽑아라. 네 몸을 달빛에 적셔 먹는 빵 조각으로 만
들리라. 칼을 뽑아라, 이 애비 없고 비열한, 미용실이나 뻔질
나게 들락거리는 놈, 칼을 뽑아!

  켄트가 칼을 뽑는다.

오스월드 이러지 마오! 난 당신과 아무 연관이 없소.

켄트 뽑아, 이 악당 놈! 넌 왕을 모함하는 편지를 갖고 왔어, 그리
고 허영뿐인 인형 편에 서서 그녀 아버지의 왕다운 위엄에 맞
서고 있다. 뽑아라, 이 악당 놈아, 아니면 네 정강이를 칼로 다
져 버릴 테다! 뽑아라, 이 악당! 뽑으라니까!

오스월드 사람 살려, 호! 살인이다! 사람 살려!

켄트 〔그를 때리며〕 옛다, 이 노예 놈! 바로 서, 이 악당 놈! 바로 서,
이 멋 부린 노예 놈! 옛다!

오스월드 사람 살려, 호! 살인이다! 살인이다!

  에드먼드가 양날검을 뽑아 든 채 콘월, 리건, 글로스터, 그리고
  하인들과 함께 등장

에드먼드 이봐들! 뭐가 문젠가?

> 둘을 떼어놓는다.

켄트 네가 문제로다, 애송이. 아암! 오라, 피를 보게 해 주지! 어
    서, 오라니까, 젊은이!

글로스터 무기로다! 병기야! 이게 웬일이야?

콘월 진정하라, 목숨이 아까우면!
    다시 가격하는 자 죽을 것이다. 무슨 일인가?

리건 언니하고 왕이 보낸 전령들이네요.

콘월 뭣 때문에 싸우는가? 말하라.

오스월드 숨쉬기가 힘드옵니다. 나리.

켄트 당연하지, 네놈 무용으로는 무리한 거니까. 이런 비겁한 악
    당 놈, 자연이 스스로 너와 무관함을 선포하는도다. 양복장이
    가 너를 만들었으니.

콘월 이상한 자로고. 양복장이가 사람을 만들어?

켄트 예, 양복장이가요. 나리. 석공이나 화가라면 저렇게 형편없
    는 꼴로 만들었을 리 없죠. 직업에 종사한 지 단 두 시간만 지
    났더라도.

콘월 근데, 싸움은 어떻게 하게 됐나?

오스월드 이 늙은 깡패가요. 나리, 희끗희끗한 수염 때문에 목숨은
    살려 주었습니다만—.

켄트 이런 애비 없는 Z, 쓸모없는 자음 같은 놈! 나리, 허락하신다
    면, 이 막돼먹은 놈을 회반죽 되게 짓이겨, 뒷간 벽을 그걸로
    처바르겠습니다요. 내 희끗한 수염을 살려 줘, 이 꼬리 흔드는
    할미새 같은 놈아?

콘월 다물라, 이놈!

　　　짐승 같은 자로다. 너는 존중을 모르는가?

켄트 압니다, 나리. 하지만 화가 나잖습니까.

콘월 왜 화가 나느냐?

켄트 이런 노예 놈이 칼을 차고 있으니,

　　　정직은 차고 있지 않은 놈이 말이죠. 이렇게 실실 웃어 대는 악당들은요,

　　　쥐새끼처럼, 종종 신성한 끈들을 갉아서 끊어 냅니다.

　　　너무 얽히고 설켜 풀 수 없는 끈들을요. 아양을 해 대죠.

　　　주인의 본성에서 반란을 일으키는 각각의 감정 모두에게.

　　　불에 기름을, 냉혈에 눈 더미를 퍼부어 댑니다.

　　　부정하고, 긍정하고, 그리고 부인하고, 그 물총새 부리를 돌리죠.

　　　바람 부는 대로 주인 기분에 따라,

　　　아무것도 모르면서, 개처럼, 오로지 따르기만 하는 거죠.

　　　네 찌푸린 얼굴에 역병 옮으라!

　　　너 내 말을 비웃는 게냐, 마치 내가 바보인 것처럼?

　　　거위 같은 놈, 네가 솔즈베리 평원에 있다면,

　　　꽥꽥대며 곧장 카멜롯으로 가게 너를 몰아칠 텐데.

콘월 뭐라, 당신 미쳤나, 노인네?

글로스터 〔켄트에게〕 왜 싸웠나? 그걸 말하라니까.

켄트 나와 이런 악한 사이에는

　　　어떤 반목보다 더한 적대감이 있소.

콘월 왜 그를 악한이라 하는가? 그가 무슨 잘못을 했기에?

켄트 그의 낯짝이 마음에 안 들어요.

콘월 그거야, 내 얼굴도, 그의 얼굴도, 그리고 이 숙녀 분 얼굴도
       그럴 수 있지.

켄트 나리, 터놓고 말하는 게 제 직업이죠.
       제가 살아온 동안 본 얼굴들은
       지금 이 순간 내 앞에 보이는
       어떤 어깨 위에 놓인 것보다 더 낫습니다요.

콘월 아주 날라리는 아닐세.
       퉁명스러운 걸로 한몫하므로, 구사하지,
       시건방진 막말을. 그리고 취하는 거야.
       본성에 맞지 않는 외양을. 그는 아첨을 못해. 그는,
       정직한 심성에 터놓고 말하므로, 분명 진실을 말한다!
       사람들이 그걸 받아들이면 좋고, 아니면 말고.
       이런 부류의 악한들을 나는 안다. 이 단도직입은
       더 많은 술책과 더 불순한 의도를 품고 있지,
       멍하니 절만 해 대며 아양을 일삼으며
       자기 업무를 꼼꼼하게 늘어뜨리는 시종 스무 명보다 더한.

켄트 나리, 참으로, 성심의 진실로,
       나리의 위대한 안면의 허락하에,
       왜냐면 그것의 영향력은, 명멸하는 포이보스 이마 위
       빛나는 불의 화환과 같기에.

콘월 이건 무슨 수작인가?

켄트 제 사투리를 벗자는 거죠. 나리께서 그토록 싫어하시니까요.
       전 압니다, 나리, 제가 아첨꾼이 아니라는 걸. 나리를 뻔한 말
       투로 기만하려 했던 이자야말로 뻔한 악당이죠. 저로서는 그
       러고 싶지 않네요. 나리께서 그러라고 애원을 하시더라도요.

콘월 그에게 무슨 짓을 했나?

오스월드 아무 짓도 안 했습니다.

　　　그의 주인인 왕께서 최근

　　　저를 때리셨습니다. 뭔가 오해하시고요.

　　　그러자 그도, 합세하여, 그분 불쾌감에 아양을 떨면서,

　　　뒤에서 제게 딴죽을 걸었습니다. 넘어지니까, 모욕을 하고,

　　　욕을 퍼붓고,

　　　사내다운 체 요란굉장을 떠니,

　　　그럴싸해 보였죠. 왕의 칭찬도 듣고,

　　　이미 넘어진 사람을 공격하는 게 뭐 대수라고요.

　　　그리고, 이런 대단한 공훈에 흥분하여,

　　　여기서 다시 제게 칼을 뽑은 거죠.

켄트 이런 악당과 비겁자들이

　　　아이아스보다 더한 영웅 시늉으로 떠드는구나!

콘월 가서 차꼬를 가져오너라!

　　　이런 완고하고 사악한 놈, 늙은 허풍쟁이 같으니,

　　　내가 가르쳐 주리라―.

켄트 나리, 저는 배우기에는 너무 늙었습죠.

　　　저 때문에 사람을 부르실 거 없습니다. 전 왕을 모시고 있습
니다.

　　　왕의 명을 받고 나리께 보내진 것이고요.

　　　나리께서는 존경을 소홀히 하고, 너무 노골적인 악의를

　　　제 주인의 위엄과 개인적 명예에 가하시게 됩니다.

　　　그의 전령을 차꼬 채워 망신 주신다면요.

콘월 차꼬를 가져와! 나도 생명과 명예가 있도다.

정오까지 차꼬를 차고 있게 하라.

리건 정오까지만요? 밤까지요, 여보, 그리고 밤 내내 그래야죠!

켄트 오, 공주님, 제가 당신 아버님의 개라도,

이렇게 대할 수는 없나이다.

리건 이놈, 네가 아버지의 악당이므로, 그리할 것이다.

콘월 이놈도 똑같은 부류 중 하나인 모양이군,

우리 처형이 얘기한. 자, 차꼬를 들여오너라!

차꼬를 내온다.

글로스터 두 분 자비로움에 애원컨대 그리하지 마소서.

그의 잘못은 큽니다. 그리고 그의 주인인 훌륭하신 왕께서

그를 꾸짖으실 겁니다. 두 분께서 의도하시는 흉한 징계는

가장 비천하고 모멸받는 상것들이

좀도둑질이나 아주 일상적인 위법을 저지를 때

내리는 처벌이죠. 왕께서 분명 기분 상해하실 겁니다.

그분 전령이 이렇게 무시당하고,

이렇게 억류당한 것을요.

콘월 내가 책임지겠소.

리건 언니는 훨씬 더 기분 나쁠걸,

그녀 시종이 그녀의 명을 시행하다가

모욕당하고, 공격당했잖아요. 발에 차꼬를 채워라.

〔켄트 발에 차꼬가 채워진다〕

갑시다, 여보.

글로스터와 켄트만 남고 모두 퇴장

글로스터 미안하게 됐네, 친구. 공작 마음이야,

그의 성질은, 만천하가 아는 일이지만,

거스를 수도 멈출 수도 없지. 자넬 위해 간청해 보겠네.

켄트 부디, 그러지 마시오, 선생. 나는 눈도 못 붙이고 고된 여행

을 했소.

좀 자야 돼, 나머지는 휘파람 불며 보내고.

착한 사람 운도 종종 발뒤축처럼 닳는 법,

좋은 내일 맞으시기를!

글로스터 공작이 잘못이야, 사단이 날 거야. 〔퇴장〕

켄트 착하신 왕, 속설이 맞기는 맞는 게야,

하늘의 축복에서 내려오셨소이다. 더운 태양 쪽으로!

다가오라, 그대 봉화여, 지구 쪽으로,

그대의 편안한 광선으로 내가

이 편지를 정독할 수 있도록! 비참을 겪는 자만이

기적을 보는 법. 코델리어한테서 온 거지,

그분이 아주 다행스럽게도 알게 되셨거든,

나의 변장 행적을. 〔읽는다〕 "그리고 시간을 내서

이 두려운 사태로부터, 노력해야죠,

상실을 치유케끔." 파김치로군. 너무 오래 깨어 있었어,

기회를 잡으라, 무거운 눈꺼풀이여, 이 수치스런 숙박을

안 볼 수 있는 기회를.

행운이여, 안녕히 주무시라! 다시 한 번 미소 지어 다오! 굴

려 다오, 그대의 바퀴를!

잠이 든다.

2막 3장

같은 장소

에드가 등장

에드가 　내가 범인으로 선포되는 소리를 들었어,
　　　　 그리고 나무에 난 알맞은 구멍을 통해
　　　　 추적을 피했어. 모든 항구가 닫혔어. 어느 곳에서든,
　　　　 감시, 그리고 가장 비상한 경계가
　　　　 나를 체포하려 한다. 도망칠 수 있을 때까지,
　　　　 몸을 보존해야 해. 그리고 결심했어,
　　　　 가장 비천하고 불쌍한 몰골을 취하리라,
　　　　 이제껏 궁핍이, 인간을 모멸하며
　　　　 짐승에 근접케 했던 가장 형편없는 몰골을. 얼굴에 오물을 문지르고,
　　　　 허리에 누더기를 두르고, 머리칼을 요정처럼 엉키게 한다.
　　　　 그리고 드러난 헐벗음으로 무색케 한다.
　　　　 바람과 하늘의 박해를.
　　　　 우리 나라엔 증거와 선례가 있지,
　　　　 미치광이 거지들의. 그들은, 고래고래 소리 지르며
　　　　 찔러 댄다. 무감각하게 마비된 자기들의 양팔을
　　　　 핀으로, 나무 가시로, 못으로, 로즈메리 잔가지로.

그리고 이런 끔찍한 광경으로, 하층 농가에서,
가난하고 하찮은 마을에서, 양 우리에서, 그리고 방앗간에서,
어떤 때는 정신 나간 저주로, 어떤 때는 기도로,
강요하지, 사람들의 자선을. 불쌍한 털리고드! 불쌍한 톰!
하지만 그건 그럴듯해! 난 더 이상 에드가가 아니리로다.

퇴장

2막 4장

같은 장소

리어, 바보광대, 그리고 신사 등장

리어 이상하군, 그들이 그렇게 집을 떠나다니,

내 전령도 돌려보내지 않고 말야.

신사 제가 들은 바로는,

그 전날 밤만 해도 그들에게 없었다는군요,

이렇게 거처를 바꿀 의도가.

켄트 만세, 숭고한 주인님!

리어 하!

이 치욕을 여가 삼아 하고 있나?

켄트 아닙니다, 폐하.

바보광대 하, 하! 잔인한 기사 대님을 하고 있군. 말은 머리를 매고, 개와 곰은 목을 매고, 원숭이는 허리를 맨다. 그리고 사람은 다리를 매지. 사람이 다리에 정력이 몰리면, 그때는 목제 무릎 차꼬를 채우는 법.

리어 누가 네 신분을 그토록 오해하여

여기다 너를 묶어 놨다더냐?

켄트 두 명입니다. 남자와 여자,

폐하의 사위와 따님이죠.

리어 아니다.

켄트 그렇습니다.

리어 아니라고 했다.

켄트 그렇다고 했습니다.

리어 아니. 아니야. 그들이 어찌!

켄트 그래, 그래요. 그들이 그랬어요!

리어 주피터에 맹세코. 아니야!

켄트 주노에 맹세코, 그렇습니다!

리어 그들은 감히 그리 못 해.

　　　그들이 그럴 리가, 그럴 수가 없어. 이건 살인보다 더 나쁜 짓
　이다.

　　　존경해 마땅할 이에게 이런 폭거를 가하다니.

　　　말해 보라, 차근차근 빠르게, 어쨌길래

　　　네가 이 지경이 돼야 했는가, 아니 그들이 가했는가,

　　　짐이 보냈건마는.

켄트 폐하, 그들 집에서

　　　제가 폐하의 편지를 그들에게 올릴 때,

　　　제 의무가 무릎 꿇고 있는 그 장소에서

　　　제가 몸을 일으키기 전에, 그리로 김을 뿜는 우체부가 와서는

　　　서두르느라 비지땀을 흘리며, 숨가쁘게, 헉헉거리며 내뱉었죠,

　　　그의 마님 고네릴이 보내는 인사를.

　　　그가 편지를 전달하자, 저의 중단을 개의치 않고,

　　　그들은 그 편지를 곧장 읽었습니다. 그 내용을 보고는,

　　　그들이 종자들을 불러 모으고 곧장 말에 오르더군요.

　　　저보고 따라오라, 그리고 기다리라,

나중에 답을 주겠다 그러면서요, 차가운 눈초리였어요.

그리고 여기서 다른 전령을 만났는데,

그자의 환영이, 저는 직감했지요. 제가 받을 환영을 망쳤더라 구요—

바로 그자였지 뭡니까, 최근

폐하께 그토록 무례하게 굴었던—

지각보다는 용기가 더 많은 성정인지라 제가, 칼을 뽑았습니다.

그는 고래고래 겁쟁이 비명을 내지르며 집안을 깨웠구요.

폐하의 사위와 따님은 그 행위가

지금 이놈이 겪고 있는 치욕에 값한다고 보셨습니다.

바보광대 겨울이 아직 안 갔구나, 들거위들이 저쪽으로 날아간다면.

누더기를 입은 아버지는

정말 그들 자식들을 눈멀게 하네.

그러나 돈주머니 들고 있는 아버지들은

보라, 자식들이 상냥한 것을.

운명, 그 터무니없는 창녀는,

결코 문을 열어 주지 않지, 가난한 이들에게는.

하지만, 이 모든 것에도 불구하고, 딸이 있으면 1년 동안 셀 만큼 많은 고통도 은화도 있어야 하지.

리어 오, 이런 자궁의 질병이 내 심장을 향해 부풀어 오르는구나!

히스테리카 파시오, 내려가라, 그대 차오르는 슬픔이여,

네 자리는 아래로다! 이 딸은 어딨나?

켄트 백작과 함께 있습니다, 폐하, 여기 이 안에요.

리어 따라오지 마라, 여기 있으라. 〔퇴장〕

신사 정말 당신이 말한 게 지은 죄의 전부요?

켄트 그게 다요. 그런데 어째서 왕의 수행원이 이리 적어졌소?

바보광대 그 질문을 한 죄로 차꼬를 차게 되었다면, 그래도 싸다
하겠어.

켄트 왜, 바보야?

바보광대 너는 개미한테 좀 배워야겠군, 겨울엔 일이 없다 이 말이
야. 자기 코를 따른다지만 장님 아니고서야 모두 눈의 인도를
받잖나. 그리고 코가 스무 개라도 썩는 내를 맡는 코가 하나도
없어요. 거대한 바퀴가 언덕 아래로 굴러 내려갈 때는 잡고 있
던 손을 놔야지, 안 그러면 바퀴에 휘말려 목이 부러지잖아. 하
지만 언덕을 오르는 거대한 바퀴라면, 그것이 너를 끌어당기
게 하는 거야. 현명한 사람이 더 좋은 충고를 줄 경우, 내 충고
는 다시 돌려다오. 악한들만 그 충고를 따르게 하고 싶거든,
바보가 주는 충고니까.

시중들고 이득을 구하는 그놈,
그리고 오로지 폼으로만 따르는 그놈은,
비가 오기 시작하면 보따리를 싸겠지,
그리고 너를 폭풍우 속에 놔두겠지.
그러나 나는 머무를 거야, 바보는 머물러 있을 거야,
그리고 약은 놈들 달아나라지.
도망치는 악당이 진짜 바보지,
바보는 악당이 아니지, 하느님에 맹세코.

켄트 이런 걸 어디서 배웠니, 바보야?

바보광대 차꼬 차고 배우진 않았다, 바보야.

리어 재등장, 글로스터와 함께

리어 나와 대화를 거부해? 아프다? 지쳤다?
　　밤새 여행을 했다? 그런 되도 않는 수작을,
　　반란과 탈주 냄새가 나도다.
　　가서 더 나은 대답을 가져오라.
글로스터 친애하는 폐하,
　　공작의 불같은 성질을 아시잖습니까,
　　한번 마음먹으면 요지부동이라는 것을요.
리어 복수로다! 역병! 죽음! 파괴로다!
　　불같아? 성질이 어째? 이봐, 글로스터, 글로스터,
　　나는 콘월 공작 및 그의 아내와 말을 나누고 싶노라.
글로스터 그래요, 훌륭하신 폐하, 그분들께 그렇게 알렸습니다.
리어 알렸다고! 내 말을 이해하기는 하는 건가, 자네?
글로스터 그럼요, 훌륭하신 폐하.
리어 왕이 콘월과 대화하고 싶어 한다. 소중한 아버지가
　　딸과 대화하고 싶어 한다, 그녀의 수고를 명한다.
　　그들에게 그걸 알렸다고? 숨이 헐떡거리고 피가 끓는구나!
　　불같아? 불같은 공작이야? 그 뜨거운 공작에게 이르라―
　　아니, 그러나 아직은 아니다. 그가 몸이 안 좋을 수도 있지.
　　병약하면 언제나 온갖 의무를 게을리 하게 되지, 건강과
　　결부된 의무는. 우린 우리 자신이 아냐,
　　자연이, 억눌리므로, 마음에게 명하거든,
　　육체와 함께 괴로워하라고. 난 참을 거야.
　　그리고 보니 보다 성급한 내 의지와 싸우는 형국일세,

몸이 언짢고 병약한 자를 건강한 자의 맞상대로

오해하려는 의지 말야. 이런 나의 국가가 죽어 버리기를! 뭣 때문에 〔켄트를 쳐다보며〕

저자가 여기 앉아 있어야 하나? 이따위 짓거리는 나를 설득한다.

공작과 그녀가 나를 이렇게 멀리하는 게

기만술일 뿐이라고. 내 하인을 내놓아라.

가서 공작과 그 아내에게 일러라, 내가 그들과 대화하고 싶다고.

지금, 즉시! 모습을 나타내고 내 말을 들으라고 이르라,

그렇지 않으면 그들 방문 앞에서 북을 두들겨

북소리가 잠을 죽이게 하겠다 이르라.

글로스터 양쪽 분들 사이가 잘 풀리시기를 바랍니다. 〔퇴장〕

리어 오 나여, 솟아오르는 내 심장이여! 그러나, 가라앉으라!

바보광대 호통을 치라고, 아저씨, 런던 여자가 산 채로 밀가루 반죽에 쑤셔 넣는 뱀장어에게 고함지르듯. 그녀는 뱀장어 대가리를 막대기로 두드렸어, 그리고 소리쳤지. "내려가, 막돼먹은 것들, 내려가!" 그녀 오빠는, 순수한 친절로, 말이 먹을 건초에 버터를 발라 댔고 말야.

콘월, 리건, 글로스터, 그리고 하인들 등장

리어 좋은 내일 맞거라, 둘 다.

콘월 폐하 만수무강하소서!

켄트가 풀려난다.

리건 뵙게 되어 기쁩니다, 폐하.

리어 리건, 그렇게 생각되는구나. 내가 그렇게 생각해야 할
      이유를 나는 알지. 네가 기쁘지 않을 것이면,
      난 네 어머니 무덤과 이혼할 거야,
      간통녀를 묻어 주었으니 말이다. (켄트에게) 오, 자유의 몸이 되
      었는가?
      그 얘기는 좀 있다 하세. 사랑하는 리건,
      네 언니는 사악하다. 오, 리건, 그녀가 심었단다,
      불친절의 날카로운 이빨을, 독수리처럼, 여기에!
          (자신의 심장을 가리킨다)
      네게 말하는 것조차 힘들어. 너는 믿지 못할 게다,
      정말 얼마나 못됐는지 — 오 리건!

리건 제발, 어르신, 참으세요. 제가 보기엔
      아버지가 언니의 가치를 제대로 평가 못하시는 면이
      언니가 언니 의무를 소홀히 하는 면보다 더 큰 것 같습니디만.

리어 말하라, 어째서?

리건 전 생각할 수 없어요, 언니가 조금이라도
      언니 의무를 다하지 않았으리라고는요. 만일, 어르신, 혹시나
      언니가 어르신 추종자들의 난동을 제지했다면,
      그 근거는, 아주 건전한 근거죠,
      언니를 모든 비난으로부터 씻어 주는 근거예요.

리어 그년에게 나의 저주를!

리건 오, 어르신, 당신은 늙었습니다,
      어르신 안에 자연은 한계의
      가장자리에 서 있지요. 어르신은 몇몇 분별 있는 사람들,

어르신의 국가를 어르신보다 더 잘 분별하는 사람들의
통치와 인도를 받으셔야 합니다. 그러므로, 청하노니,
언니한테 돌아가소서,
당신이 그녀한테 잘못했다 하소서, 어르신.

리어 그녀한테 용서를 빌라?
자 잘 보거라, 이게 어디 집안 꼴인가.
친애하는 따님이시여, 제가 늙었음을 고백하나이다.
〔무릎을 꿇으며〕
노인네는 불필요하지요. 무릎 꿇고 간청하오니
제게 옷과, 침대, 그리고 음식을 보장해 주소서.

리건 어르신, 그만두세요! 그런 보기 흉한 속임수는.
언니한테로 돌아가세요.

리어 〔일어나며〕 결코 못한다, 리건!
그녀는 내 수행원을 반이나 잘랐어,
검은 눈초리로 나를 쏘아보았고, 나를 때렸다, 뱀 같은
그녀 혓바닥으로, 심장 바로 그곳을.
하늘에 비축된 온갖 복수가 떨어질지어다.
배은망덕한 그녀 머리에! 그녀 뼈대를 쳐서,
그대 병을 옮기는 공기여, 그녀에게 불구를 안기라!

콘월 에잇, 어르신, 집어치우시오!

리어 그대 민첩한 번개들이여, 눈멀게 하는 불꽃을 쏘아 대라,
그녀의 경멸 어린 두 눈 속으로! 오염시키라, 그녀의 아름
다움을,
그대 늪지에 빨린 안개여, 강력한 태양에 끌렸다가
추락하며 헛되게 하라, 그녀의 오만을!

리건 오 축복받은 신들이여! 제게도 그 지경을 바라겠지요,
　　　성급한 기질이 도지면.
리어 아니다, 리건, 너는 결코 내 저주를 받지 않을 것이야.
　　　칼집에 고이 안장된 네 부드러운 본성이
　　　너를 난폭함에 떠맡길 리 없지. 그년의 두 눈은 사나워, 하
　　지만
　　　네 눈은 위안을 준다. 그리고 불타지 않아. 네 본성으로는
　　　내 기쁨을 못마땅해할 수 없지, 내 수행원을 자를 수 없고,
　　　허겁지겁 말을 던질 수 없고, 내 규모를 삭감할 수 없고,
　　　그리고 마지막으로 오는 나를 막으려고
　　　빗장을 걸어 잠글 수 없다. 너는 더 잘 알고 있잖니,
　　　자연의 의무를, 유년의 유대를,
　　　공손한 행동을, 감사의 수수료를.
　　　너의 소유인 왕국의 절반을 잊지 않았겠지,
　　　그걸 내가 네게 물려주었다.
리건 착한 어르신, 요점을 말하셔야죠.
리어 누가 내 사람한테 차꼬를 채웠나?

　　　　　안에서 화려한 나팔 소리

콘월 웬 나팔 소리지?
리건 맞아, 언니가 왔어요. 편지에 그렇게 썼거든요,
　　　곧 이곳으로 올 거라고.
　　　　〔오스월드 등장〕
　　　마님이 도착하셨느냐?
리어 이건 그 노예 놈 아니냐, 제놈이 따르는

그녀의 변덕으로 호가호위하는 놈,

꺼져라, 종놈아, 내 눈앞에서 사라져!

콘월 왜 이러십니까, 폐하?

리어 누가 내 하인한테 차꼬를 채웠지? 리건, 정녕

너는 모르는 일이었으리라 생각한다.

〔고네릴 등장〕

누가 오는 거야? 오 하늘이여,

노인네를 사랑한다면, 그대의 감미로운 군림이

복종을 허락한다면, 그대 자신이 늙었다면,

그것을 그대 명분으로 하라! 내려오라, 그리고 내 편이 되어

다오!

〔고네릴에게〕 이 수염을 보기가 부끄럽지도 않느냐?

오 리건, 그녀 손을 잡을 생각이냐?

고네릴 왜 손을 잡으면 안 되죠, 어르신? 내가 무슨 잘못을 했다

고요?

무분별과 노망이 규정하는 죄는 일체 죄가 아니죠.

리어 오, 가슴 이쪽, 너무 힘들다!

아직도 그 소리냐? 왜 내 사람한테 차꼬를 채웠지?

콘월 내가 그렇게 했습니다, 어르신. 하지만 그가 부린

난동에 비해 가벼운 벌이었지요.

리어 자네가! 그랬어?

리건 제발, 아버지, 노쇠하시니까, 그에 맞게 행동하세요.

만일, 달이 찰 때까지,

돌아가서 언니와 함께 머무신다면,

하인을 반으로 줄이고 말예요, 그런 다음 제게 오셔도 좋아요.

지금은 제가 집을 떠나 있어요. 그리고

　　아버지를 모시는 데 필요한 제반 준비가 안 되어 있지요.

리어　그녀한테 돌아가라, 그리고 오십 명을 쫓아내라?

　　싫어, 차라리 온갖 지붕을 버리리라, 맹세코, 그리고 택하

리라.

　　공중의 적대감과 싸우는 쪽을,

　　늑대며 올빼미와 동맹을 맺는 쪽을.—

　　필요의 예리한 격통이로다! 그녀와 함께 돌아가?

　　이런, 피가 뜨거운 프랑스 왕, 지참금도 없이

　　짐의 가장 어린 딸을 취한 그자, 그자한테 내가 가서

　　그의 왕위에 무릎 꿇어도 좋겠네, 그리고, 시종처럼, 연금을

구걸하여

　　비천한 삶을 맨발로 꾸려 가도 좋겠어. 그녀와 함께 돌아가?

　　차라리 노예가 되어 이 혐오스러운 마부 놈을 위해

　　〔오스월드를 가리키며〕 말 짐이나 꾸리라 설득하거라.

고네릴　마음대로 하시오, 어르신.

리어　제발, 딸이여, 나를 미치게 하지 말아 다오.

　　너를 성가시게 하지 않을 것이니, 내 자식아, 안녕.

　　더 이상 서로 만나지 말고, 더 이상 서로 보지 말자.

　　하지만 아직도 너는 내 살, 내 피, 내 딸이다.

　　아니면 내 육신에 깃든 병이랄까,

　　내 것이라고 하지 않을 수 없는. 너는 종기로다,

　　역병의 염증, 돈을새김한 등창이로다,

　　내 썩은 피 속의. 하지만 너를 꾸짖지는 않겠어.

　　치욕은 제 맘대로 오라지, 내가 부르지는 않겠다.

벼락을 품은 자에게 치라 하지 않겠고,

네 얘기를 최고 심판관 주피터에게 이르지도 않겠다.

할 수 있을 때 개심하렴, 한가할 때 좀 더 나아지거라.

나는 인내할 수 있어, 리건과 머물 수 있다,

나와 내 기사 백 명은.

리건 턱도 없는 소리.

전 아직 어르신을 볼 생각이 없고요, 제대로 대접할

준비도 안 되어 있습니다. 들으세요, 어르신, 언니 말을.

어르신 열변의 이유를 나름대로 추론하는 자들은

어르신이 늙었다는 생각으로 만족할 뿐이니까, 그건 그렇고─

그러나 언니는 일을 제대로 알고 있지요.

리어 진심으로 하는 말이냐?

리건 제가 감히 보증합니다, 어르신. 그래, 수행원 오십 명이란 말

이죠?

그 정도가 좋지 않나요? 굳이 더 필요하실 게 뭐죠?

그래, 그렇게 많이요, 비용도 위험도

그렇게 엄청난 숫자는 반대하지 않겠어요? 어떻게, 한 집안

에서,

그 많은 사람들이, 두 가지 명령 체계하에

화목을 유지할 수 있겠어요? 힘들죠, 거의 불가능해요.

고네릴 왜 당신께서, 폐하, 시중을 받으시면 안 되는 거죠,

그녀가 하인이라 부르는 사람들한테서, 혹은 제 하인들한테서?

리건 왜 안 되죠, 폐하? 그러다 혹시 그들이 폐하를 소홀히 대하면,

우리가 야단치면 되죠. 제게 오시려면─

아무래도 그럴 것 같으니─청컨대

　　　　스물다섯 명만 데려오세요. 그 이상은

　　　　숙소도 주지 않고 인정도 안 할 거예요.

리어　난 네게 모든 것을 주었어 ─

리건　제때 주신 거예요.

리어　널 나의 보호자로, 수탁인으로 해 주었어.

　　　　다만 그 정도 수행원을 거느릴

　　　　권한만 남겼지. 그런데 뭐라, 너한테 가려면

　　　　스물다섯 명이라, 리건? 네가 그렇게 말했느냐?

리건　그리고 다시 반복하죠, 폐하, 그 이상은 안 돼요.

리어　사악한 짐승도 매력적으로 보이는 수가 있구나,

　　　　다른 짐승이 더 사악한 경우엔 말야. 최악이 아니라는 것만

　　　　으로도

　　　　칭찬할 대목이 있도다. [고네릴에게] 너와 함께 가겠다.

　　　　오십이면 그래도 이십오의 두 배 아니냐.

　　　　그러니 네 사랑이 그녀보다 두 배로다.

고네릴　들어보세요, 폐하.

　　　　도대체 스물다섯을, 열을, 혹은 다섯을

　　　　거느릴 필요가 무엇입니까, 그 두 배나 되는 사람들이

　　　　폐하를 돌보라는 명을 받드는 집안에서?

리건　한 명은 왜 필요하죠?

리어　오, 필요를 따지지 말아라! 가장 비천한 거지들도

　　　　가장 헐벗은 최소한 이상의 그 무엇을 갖고 있는 법.

　　　　자연에 자연이 필요한 것 이상을 허용하지 않는다면,

　　　　인간의 목숨은 짐승과 마찬가지로 값싸겠지. 너는 숙녀다.

　　　　단지 따뜻한 걸로 화려함의 기준을 삼는다면,

그래, 네 화려한 복장은 필요가 없지,
별로 따스하지도 않을 테니까. 그러나, 진정 필요하다니―
그대 하늘이여, 내게 인내력을 다오, 인내력이 나는 필요하다!
그대들 여기 나를 보아 다오, 불쌍한 늙은이를,
나이만큼 슬픔도 가득 찬, 나이와 슬픔으로 비참한 늙은이를!
이 딸들의 마음을 부추겨
아버지에게 적대케 하는 것이 그대들이라면, 순순히 받아들이는
어리석음을 내가 범치 않게 해 다오. 부어 다오, 내게 숭고한 분노를,
그리고 여자의 무기, 눈물방울이
남자의 빰을 더럽히게 하지 말라! 안 되지, 자연을 거스르는 두 마녀야,
너희 둘 다에게 엄청난 복수를 하리로다,
온갖 세상이―그렇게 할 거야―
그게 무엇인지, 아직은 모르지만. 그러나 그것은
세계를 경악시킬걸! 내가 울 거라 생각하지,
아니, 난 울지 않을 거야.
울 이유가 충분하지만, 그러나 이 가슴이
십만 조각으로 부서질 거야,
내가 울기 전에. 오 바보, 난 미쳐 버릴 거야!

　　　리어, 글로스터, 켄트, 그리고 바보광대 퇴장
　　　천둥과 폭풍우 소리

콘월　들어갑시다, 폭풍우가 올 모양이오.

리건 이 집은 좁아요. 노인네와 사람들을
　　　편히 묵게 할 수가 없겠네.
고네릴 어디 남 탓이냐. 편한 걸 스스로 내팽개쳐 버렸으니,
　　　바보짓을 한 맛을 톡톡히 봐야지.
리건 홀몸이라면, 기꺼이 받아들이겠어.
　　　하지만 부하는 한 명도 안 돼.
고네릴 내 생각도 그래.
　　　글로스터 경은 어디 계시나?
콘월 노인네를 따랐는데. 저기 오는군.

　　　　글로스터 재등장

글로스터 왕께서 심히 노하셨습니다.
콘월 어디로 가시던가?
글로스터 말을 대령하라 하셨습니다. 어디로 가시는지는 묻지 않
　　　았고요.
콘월 그냥 두는 게 최선이오. 맘대로 하시는 분이니까.
고네릴 경, 머무르라는 간청을 절대 하지 마시오.
글로스터 아, 이제 곧 밤인데요. 그리고 황량한 바람이
　　　정말 미친 듯이 할퀴어 대는데. 수마일 근방에
　　　수풀도 거의 없고요.
리건 오, 경, 제멋대로 구는 자들한테 맡기세요.
　　　그들 스스로 초래한 상처가
　　　따끔하게 혼을 내주겠지요. 문을 닫아 거세요.
　　　난폭한 자들이 그분 시중을 들고 있습니다.
　　　그들이 무슨 말로 그분을 부추길지 모르죠. 그분은 남의 말에

잘 속아 넘어가거든요. 조심하는 게 현명합니다.

콘월 문을 걸어 잠그시오, 날씨가 사나운 밤이오.
리건의 말이 맞소. 폭풍우를 벗어납시다.

모두 퇴장

제3막

홀로 고통 받는 자가 마음에 가장 큰 고통을 받지,
걱정 없던 일들과 행복한 장면들을 뒤에 남기며.

3막 1장

황량한, 널따란 들판

앙

여전히 폭풍우. 켄트와 신사 한 명 각각 다른 문으로 등장

켄트 누구냐, 악천후 말고?

신사 마음이 날씨를 닮은 사람이오, 아주 불안하죠.

켄트 누군지 알겠군. 왕은 어디 계신가?

신사 성마른 자연의 원소들과 싸우고 계시오.

　　바람에게 대지를 바다 속으로 처박으라,

　　아니면 바닷물을 일으켜 본토를 덮쳐,

　　모든 것을 바꾸거나 쓸어 버리라 명하시고 있소. 백발을 쥐
어 뜯고,

　　뜯긴 머리칼은, 맹목의 분노에 사로잡힌 격렬한 일진광풍이
　　노여워 움켜쥐고 허공에 흩어 버리죠.

　　사람의 소우주로 경멸해 버리시려는 거죠,

　　이리저리 달겨드는 바람과 비를.

　　이 밤, 새끼들한테 젖을 다 빨린 곰조차 동굴을 나오지 않을,

　　사자와 배 홀쭉한 늑대조차 털을 말리는 이 밤에,

　　모자도 없이 그는 내달리고 있어요,

　　그리고 닥치는 대로 명을 내리고 있어요.

켄트 근데 누가 그분과 함께 있지요?

신사 바보광대 말고는 아무도 없소. 그가 애를 쓴다오.

　상심한 그의 상처를 웃겨서 달래 드리려고.

켄트 이보오. 난 당신을 아오.

　그리고 사람 잘 보는 내 솜씨를 믿고,

　중요한 사항을 알려 주겠소. 불화가 있습니다.

　아직 상호의 계략으로 그 얼굴이 가려진 상태지만, 있소, 올

버니와 콘월 사이에.

　우리한테 있는 ― 누군들 없겠습니까, 운명의

　은총으로 높은 자리에 올랐다면 ― 하인들 중 몇은, 이를테면,

　스파이와 정탐꾼 같아서 프랑스에

　우리 나라 정보를 공급해 주죠. 그들이 본 바를,

　두 공작의 상호 냉대와 음모 보따리에 관해서든,

　아니면 연로하고 착하신 왕께 두 공작 모두

　가혹한 고삐를 죄는 것에 관해서든, 아니면 더 심각한 문제,

　그것에 비하면 이런 것들은 장식에 불과할 수도 있는 그런

문제들을.

　그런데, 사실입니다 이건, 프랑스로부터 일부 세력이

　이 분산된 왕국 안으로 들어왔다 그래요. 그들이 이미,

　우리의 경계 소홀을 제대로 활용, 비밀리에

　우리 나라 최고 항구 몇 군데를 발판 삼았고, 바야흐로

　공개적으로 깃발을 올릴 참이라는 겁니다. 이제 용건을 말

하죠.

　나를 그 정도로 믿는다면 부디

　서둘러 도버로 가 주시오. 당신에게 감사를 표할

　분을 만나실 수 있을 게요. 왕께서 성토하서 마땅할,

자연에 위배되는, 광기로 몰아 가는 슬픔들을
정확하게 보고 드리면 말이오.
나는 귀족의 피를 물려받았고 귀족으로 자랐소.
그리고, 어느 정도 지식과 확신을 갖고 맡기는 거요,
이 일을 당신에게.

신사 당신과 얘기를 좀 더 해 보고요.

켄트 아니, 그러지 마시오.
내가 지금 외모보다 훨씬 더 중요한 사람이라는
확증으로, 이 지갑을 여시오. 그리고 꺼내시오,
그 안에 든 것을. 당신이 코델리어를 만나게 되면―
그럴 거라고 난 생각하오―그녀에게 이 반지를 주시오,
그러면 그녀가 말해 줄 거요, 내가 누군지,
당신은 아직 모르겠지만. 지독한 폭풍우로다!
가서 왕을 찾아봐야겠소.

신사 당신 손을 주시오. 더 이상 할 말은 없소?

켄트 몇 마디만, 하지만, 이제까지 한 말 모두보다 중요성은 더
하죠.
즉, 왕을 보게 되면―당신은 저쪽을 찾아보시오,
난 이쪽을 찾아보겠소―먼저 그를 보는 자가
상대방을 큰 소리로 부르기로 합시다.

　　　각각 다른 문으로 퇴장

3막 2장

같은 장소

리어와 바보광대 등장. 여전히 폭풍우

리어 불어라, 바람이여, 그리고 네 뺨을 철썩 쳐라! 분노하라! 불
어라!
그대 하늘 문 홍수와 바다 허리케인들이여, 쏟아져라,
첨탑이 흠씬 적셔지고 풍향계가 잠길 때까지!
생각처럼 신속한 그대 유황불들이여,
오크 나무를 쪼개는 벼락의 안내인들이여,
그을려라, 나의 백발을! 그리고 그대, 만물을 뒤흔드는 천둥
이여,
평평하게 하라, 두툼고 둥근 지구를!
자연의 거푸집을 금가게 하라, 온갖 정액을 즉시 엎질러라,
배은망덕한 자를 잉태시키는 온갖 정액을!
바보광대 오 아저씨, 마른 집 안에서 궁정 관리 아첨 세례를 받는
게 더 낫지, 한데서 이 빗물을 맞는 것보다는. 착한 아저씨, 들
어가자, 그리고 딸들의 축복을 청해 봐! 이런 밤은 현자도 바
보도 사정 봐주지 않는다니까!
리어 한 배 가득 으르렁대라! 뱉어라, 불을! 쏟아 내라, 비를!
비도, 바람도, 천둥도, 벼락도, 내 딸들은 아닐지니,

그대를 탓하지 않노라, 그대 원소들이여, 불친절하다 하지 않
으리,

그대에게 왕국을 준 일 없고, 그대를 자식이라 부른 적 없고,
그대들 내게 충성을 바칠 일 없으니. 그렇다면 떨어지게 하라,
그대들의 소름 끼치는 취미를. 여기 나는 섰도다, 그대의 노예,
불쌍하고, 가냘프고, 힘없는, 그리고 경멸받는 노인네가.
그렇지만 나는 그대들을 비굴한 대리인이라 부르겠노라,
간악한 두 딸과 함께,
하늘 태생의 세력들을 규합,
이토록 늙고 새하얀 머리에게 싸움을 걸다니. 오! 오! 비열한
짓이다!

바보광대 자기 머리를 들이밀 집을 가진 사람은 머리통이 좋은 거야.

> 못된 물건이 머리보다 먼저
> 묵을 곳을 찾으면,
> 머리와 그는 온통 이투성일걸,
> 그래서 거지들이 결혼은 많이 해요.
> 심장 있을 곳에
> 발가락을 놓은 자는
> 곡식 한 알갱이 때문에 비탄에 빠질 거야,
> 그리고 잠을 깸으로 바꿀 거야.

겉이 예쁜 여자는 필히 거울 보고 입을 삐죽댔다는 뜻이거든.

리어 아냐, 난 인내의 전범이 되겠다. 아무 말도 하지 않으리로다.

      켄트 등장

켄트 거기 누구요?

바보광대 저런, 여긴 은총과 못된 물건이오. 즉 현명한 사람 하나
　　　와 바보 하나.

켄트 아아, 폐하, 여기 계십니까? 밤을 사랑하는 것들도
　　　이런 밤을 사랑하지는 않습니다. 격노한 하늘이
　　　어둠의 방랑자들까지 경악시키고,
　　　동굴 안에 머물게 할 정돕니다. 사내로 태어나서,
　　　이런 번갯불의 흩이불, 무시무시한 천둥의 이런 폭발,
　　　노호하는 비바람의 이런 신음 소리는, 제가 한 번도
　　　들은 기억이 없습니다. 인간의 본성으로는
　　　그 고통도 그 두려움도 버텨 낼 수 없습니다.

리어 위대한 신들이,
　　　그들이 이 무서운 폭동을 짐의 머리 위에 일으키는 것이므로,
　　　이제 찾아내게 하라, 그들의 적을. 벌벌 떨라, 너 철면피여,
　　　폭로되지 않은 범죄를 품은,
　　　 정의의 벌을 받지 않은 철면피여. 숨어라 너, 너 피비린 손
이여,
　　　너 맹세를 깨뜨린, 그리고 너 미덕을 가장하며
　　　근친상간을 저지른 자. 비열한 놈, 산산조각으로 몸을 떨라,
　　　은근하고 적당한 아양을 떨며
　　　사람 목숨에 손을 댔으니. 비밀 속에 갇힌 범죄들이여,
　　　쪼개어 열라, 감추는 네 덮개를. 그리고 울며 청하라,
　　　이 두려운 소환자들에게 자비를. 나는
　　　죄짓기보다는 죄의 대상이 된 자이리니.

켄트 아아, 모자도 안 쓰시고?
　　　인자하신 폐하. 바로 옆에 헛간이 있나이다.

폭풍우에 맞서 폐하께 호의를 어느 정도 제공할 것입니다.

거기서 쉬소서, 그동안 저는 그 가혹한 집으로—

집을 지은 돌맹이보다 더 가혹한 집이죠,

방금 전에도, 폐하의 행방을 묻자,

저를 쫓아냈습니다만—거기로 돌아가서, 강제로라도

인색한 예의나마 폐하께 차리도록 하겠습니다.

리어 내 넋이 나가기 시작하는도다.

이리 오너라, 이놈. 어떻느냐, 이놈? 춥느냐?

나도 춥다. 이 지푸라기는 어디서 왔나, 내 친구?

궁핍은 기술이 묘하지,

하찮은 물건도 소중하게 만들거든. 가자, 네 헛간으로.

불쌍한 바보 놈 같으니, 내 마음의 일부는

아직도 네게 미안해한단다.

바보광대 〔노래한다〕

제정신이 조금이라도 있는 자라면—

헤이, 호, 비바람으로—

만족해야지, 자신의 적당한 운명에,

비록 비는 매일 내리지만.

리어 맞다, 녀석. 가자, 이 헛간으로 우릴 데려가 다오.

리어와 켄트 퇴장

바보광대 대단한 밤이야, 뜨거운 창녀 몸도 식히겠구만.

가기 전에 예언을 해야지.

사제들이 실제 미덕보다 말에 치중할 때,

양조자들이 맥아주에 물을 탈 때,

귀족들이 그들 재단사보다 더 유행을 좇을 때,

화형당하는 이단자는 성병 걸린 오입쟁이뿐일 때,

모든 소송이 법적으로 정당할 때,

빚진 기사 종자, 강간한 기사 한 명도 없을 때,

중상모략이 혓바닥에서 살지 않을 때,

소매치기가 군중에게 다가가지 않을 때,

고리대금업자가 공공연히 이자를 셀 때,

그리고 뚜쟁이와 창녀들이 교회를 지을 때,

그때 브리튼 왕국은

거대한 쇠퇴에 이르리라.

그때 그 시간이 온다. 살아서 그걸 보는 자,

그때 걸으려면 발 훈련을 해야지.

이 예언은 멀린 거야, 내 시대는 그의 시대보다 앞서니까.

퇴장

3막 3장

글로스터의 성

글로스터와 에드먼드 등장

글로스터 이럴 수가, 이럴 수가, 에드먼드. 난 싫다, 무슨 이런 괴이한 처사가 있단 말이냐. 그분을 돕게 허락해 달라고 했더니, 내 자신의 집 사용권을 그들이 박탈해 버렸어. 내게 명하더구나, 안 그러면 평생 괘씸하게 여길 거라나, 그분에 대해 말하지도 말고, 그분을 위해 간청하지도 말고, 어떤 식으로건 그분을 부양하지도 말라고 말이다.

에드먼드 정말 야만적이고 도리에 어긋나는군요!

글로스터 젠장, 넌 아무 말도 말거라. 두 공작 사이 불화가 있어, 그리고 그보다 더 안 좋은 문제가 있다. 오늘 밤 내가 편지를 받았느니, 말하기가 위험한 내용이다. 내실에다 편지를 두고 열쇠를 잠갔느라. 왕께서 지금 겪고 계신 위해는 철저하게 응징될 것이야, 군대 일부가 이미 상륙해 있다. 우리는 왕의 편에 서야 해. 내가 그분을 찾아서, 은밀히 구해 드리겠다. 너는 공작한테 가서 말을 계속 나누거라, 내가 베푸는 일을 그가 눈치 채지 못하도록. 혹시 그가 나를 찾거든, 아프다, 그래서 침대에 누워 있다고 해. 내가 죽을망정, 사실 죽음의 위협을 받고 있다만, 오래된 나의 주인 왕을 구해야 해. 기이한 일이 벌

어지려 하는구나, 에드먼드, 부디, 조심하거라. 〔퇴장〕

에드먼드 친절도 하시지. 난 공작한테
       즉시 이 일을 알려야겠어. 그리고 편지에 대해서도.
       이건 보상을 받을 것 같은데, 그리고 내게로 끌어다 줄 거야,
       아버지가 잃게 되는 것을―하나도 빠뜨리지 않고 말야.
       구세대가 망하면 젊은 세대가 흥하는 법.

       퇴장

3막 4장

널따란 시골. 가축우리 앞

리어, 켄트, 그리고 바보광대 등장

켄트 이곳입니다, 폐하. 마음씨 고우신 폐하, 드소서.
　　지붕이 없는 밤의 학정은 너무 난폭하여
　　나약한 인간이 견딜 수 없나이다.

여전히 폭풍우

리어 나를 내버려 두라.

켄트 인자하신 폐하, 이리로 드소서.

리어 내 심장을 부숴 버리겠다는 거냐?

켄트 차라리 제 심장을 부수겠나이다. 인자하신 폐하, 드소서.

리어 너는 이 말썽쟁이 폭풍우가
　　짐의 살갗을 파고드는 게 대단하다 생각하는구나. 네게는 그
　　렇겠지.
　　그러나 보다 거대한 질병이 뿌리내린 경우,
　　그보다 덜한 것은 느낌조차 별로 없지. 곰을 피한다 치자.
　　그러나 도피로가 향하는 곳이 격노하는 바다라면,
　　차라리 곰 아가리 속으로 쳐들어가리라. 마음에 부담이 없
　　어야.

육신이 예민하지. 내 마음속 폭풍우가

내 감각에서 온갖 느낌을 빼앗아 가 버렸어,

거기서 쿵쾅대는 것 말고는. 부모에게 배은망덕하다니!

마치 이 입이 먹이를 운반한다는 이유로 이 손을

물어뜯기라도 하는 것처럼. 그러나 난 철저히 복수하겠어.

아니, 더 이상 울지 않겠다. 이런 밤에

내게 문을 걸어 잠그다니! 퍼부어라, 나는 견디리라.

오늘 같은 밤에! 오 리건, 고네릴!

너희 늙고 마음씨 좋은 아비를, 내 솔직한 심장이 모든 것을
주었거늘—

오, 이러다간 미쳐 버리지. 그건 피해야지.

그 얘기는 더 이상 말자.

켄트   자상하신 폐하, 이리 드소서.

리어   제발, 자네나 들어가게. 자네나 편해 보라구.

이 폭풍우가 나의 곰곰 생각을 막을 것이야.

내게 더 상처를 줄 곰곰 생각을 말이다. 하지만 들어가겠노라.

〔바보광대에게〕 들어가거라, 녀석, 먼저 들어가. 이 집 없고 불
쌍한—

아니다, 들어가거라. 난 기도를 하겠어. 그리고 잠을 잘 거야.

〔바보광대가 들어간다〕

불쌍하고 헐벗은 놈, 어디에 있든,

이 냉혹한 폭풍우의 팔매질을 견디는

집 없는 네 머리와 허기진 옆구리가,

구멍과 통풍구투성이인 네 헐벗음이 어떻게, 너를 막아 주겠
느냐.

이런 시절로부터? 오, 이놈을 내가 너무
돌보지 않았도다! 치유하라 네 자신을, 으리으리한 자여.
자신을 노출시켜 불쌍한 자들이 느끼는 것을 느끼게 하라,
잉여를 털어 내어 그들에게 줄 수 있도록,
그리고 하늘에 보다 정의롭게 보일 수 있도록.

에드가 〔안에서〕 한 길하고도 반, 한 길하고도 반!
불쌍한 톰!

바보광대가 헛간에서 뛰쳐나온다.

바보광대 들어오지 마, 아저씨, 유령이 있어.
사람 살려, 사람 살려!
켄트 손을 이리 줘. 거기 누구요?
바보광대 유령이야, 유령! 자기 이름이 불쌍한 톰이래.
켄트 누구기에 거기 짚 더미에서 투덜대는 게냐?
이리 나오라.

미치광이로 변장한 에드가 등장

에드가 꺼져라! 비열한 악마들이 나를 쫓아오네!
날카로운 산사나무 사이로 찬바람 분다.
흠! 차가운 네 침대로 가거라, 그리고 몸을 좀 녹여.
리어 두 딸에게 모든 걸 주었는가? 그리고 이 지경이 된 게야?
에드가 불쌍한 톰에게 누가 뭘 줬단 말이냐? 비열한 악마가 불 속
과 화염 속을, 여울과 소용돌이 속을, 소택지와 수렁 속을 끌
고 다닌 그에게. 악마는 그의 베개 밑에 칼을 두고 그의 의자
에 목매달 밧줄을 걸어 놓았지, 그의 죽 그릇 옆에 쥐약을 준

비해 두었다. 마음이 도도해져, 발걸음 빠른 구렁말 타고 너비 4인치 다리를 건너게 만들었지. 자기 자신의 그림자를 배신자로 사냥케 했어. 축복 받으라, 네 오관이여! 톰은 추워—오, 도, 데, 도, 데, 도, 데. 돌개바람, 유성 폭발, 그리고 전염한테서 축복 받으라, 네놈! 불쌍한 톰에게 적선합쇼, 비열한 악마가 괴롭혀요, 지금 저기에 있어요—그리고 저기—그리고 다시 저기, 그리고 저기.

　　여전히 폭풍우

리어　뭐라, 그의 딸들이 그를 이렇게 만들었단 말야?
　　자네 아무것도 남겨 두지 않았나? 그들에게 몽땅 줘 버린 게야?
바보광대　아니, 담요 한 장은 남겨 둔 거지, 아니면 우리 모두 흉한 꼴을 봤겠지.
리어　이제, 동요하는 하늘에 걸려 인간들의 잘못에 운명 지어진
　　온갖 역병들이 자네 딸들에게 내리리로다!
켄트　그는 딸이 없습니다, 폐하!
리어　사형이로다, 반역자! 인간의 본성을 이토록 비천하게
　　만들 수 있는 것은 배은망덕한 딸들뿐이로다!
　　유행이란 말인가, 버려진 아버지들이
　　자기 육신에 이토록 무자비한 것이?
　　현명한 벌이로다! 이 육신이 바로
　　그 펠리컨 딸들을 보았으므로.
에드가　필리콕은 필리콕 언덕에 앉아 있네.
　　할루, 할루, 루, 루!

바보광대 이 추운 밤이 우리 모두를 바보에 미치광이로 만들어 버릴 거야.

에드가 비열한 악마를 조심해. 네 부모에게 복종해야지. 말을 정당하게 할 것, 맹세는 금물, 사내의 공공연한 배필과는 저지르지 말 것, 네 애인을 요란하게 치장하지 말 것. 톰은 추워.

리어 전에는 누구였는가?

에드가 봉사하는 사내였지, 마음과 가슴이 당당한. 내 머리카락을 곱슬머리로 하고, 모자에 정부의 은총을 매달았지. 정부의 심장의 욕정에 봉사했어. 그리고 그녀와 밤일을 치렀다. 말하는 게 모두 맹세였다. 그리고 하늘의 부드러운 면전에서 그 맹세를 깼지. 욕정의 획책으로 잠잤다. 그리고 깨어나며 그 짓을 했어. 포도주를 깊이 사랑했고, 노름을 끔찍이 좋아했다. 그리고 여자는 터키 술탄의 후궁보다 많았다. 마음은 거짓되고, 귀는 소문에 굶주리고, 손은 피비렸다. 게으르기 돼지 같고, 도둑질에 여우 같고, 탐욕스럽기 늑대 같고, 미친 짓은 개 같고, 먹이 낚아채기 사자 같았다. 삐걱 소리 신발이나 바스락 소리 비단으로 그대 불쌍한 마음을 여자에게 들키지 않도록. 매음굴에서 발을 빼고, 스커트 째진 데서 손을 빼고, 대부 책에서 펜을 빼고, 그리고 비열한 악마에게 뻗대야지. 여전히 산사시나무 사이로 찬바람 분다. 그리고 말하지, 수움, 문, 하, 노, 노니. 돌고래 이놈, 이놈, 세사! 빨리 지나가!

여전히 폭풍우

리어 이런, 자넨 무덤에 누워 있는 게 낫겠네. 아무것도 걸치지 않은 몸으로 이렇게 극단적인 하늘에 맞서느니 차라리. 사람이

란 게 이 정도밖에 안 되나? 그를 잘 살펴봐. 자네는 누에한테
비단 빚 없고, 짐승한테 가죽 빚 없고, 양한테 털 빚 없고, 사향
고양이한테 향수 빚 없구만. 하! 여기 우리 셋은 세련된 거야!
자네는 사물 그 자체로군. 문명의 편의가 삭제된 인간은 자네처
럼 불쌍하고, 헐벗고 다리 둘 달린 동물일 뿐이야. 가라, 꺼져,
너 빌린 옷이여! 여기 단추를 끌러 다오.

　　　리어가 자신의 옷을 찢어발긴다.

바보광대　제발, 아저씨, 진정해. 헤엄치기엔 너무 진흙탕 밤이잖아.
지금 거친 들판에 곁불은 늙은 호색한 마음 같겠지, 자그만 불
씨지, 나머지 육신은 차고. 어, 걸어 다니는 불이 이리로 온다.

　　　글로스터 등장, 횃불을 들고 있다.

에드가　이건 비열한 악마 플리버티지벳*이다. 저녁 종 때 출현해,
그리고 자정까지 돌아다녀. 호우를 내리고, 사팔뜨기, 언청이
를 만들지, 햇곡식에 곰팡 나게 한다, 대지의 불쌍한 짐승들을
다치게 하고.

　　　성자 위솔드께서는 불모의 고원 지대를 세 번 횡단하셨네.
　　　악몽과 그녀의 아홉 악마를 만나셨지.
　　　말에서 내리라셨어,
　　　그리고 명하셨지,
　　　꺼져라, 그대, 마녀여, 꺼져 버려라!

---

*여기에서 에드가가 나열해 대는 악마 이름들은 모두 1603년 출간된 새뮤얼 해스닛
《천주교의 악명 높은 사기 행각들》에서 따온 것이다.

켄트 폐하 괜찮으십니까?

리어 누가 오는가?

켄트 누구냐? 무엇을 찾는가?

글로스터 거기서 뭣들 하시는 게요? 이름은?

에드가 불쌍한 톰이오. 헤엄치는 개구리, 두꺼비, 올챙이, 수륙 양
용 도롱뇽을 잡아먹고 사는. 비열한 악마가 노호하면 가슴에
분통이 터져 소똥으로 입가심하고, 늙은 쥐와 도랑의 죽은 개
를 씹어 먹죠. 고여 있는 연못의 녹조를 마시죠. 십일조 교구
마다 나를 때리고, 외양간에 처넣죠, 그리고 가두죠. 등에 걸
칠 옷 세 벌, 몸을 가릴 셔츠 여섯 벌, 타고 다닐 말, 그리고 차
고 다닐 무기가 있었는데요.

　　　　　하지만 생쥐와 큰 쥐, 그리고 그런 따위 작은 짐승을,
　　　　　톰은 먹고 살았소, 장장 7년 동안.

조심해, 나를 쫓는 자들이다. 닥쳐라, 스멀킨, 닥쳐라, 이놈!

글로스터 저런, 폐하 어찌 이런 자와.

에드가 어둠의 군주는 신사다. 모도라 부르지, 그리고 마후.

글로스터 우리의 살과 피가 너무 사악해져서, 폐하,
　　　자길 낳아 준 부모를 이리 미워하나이다.

에드가 불쌍한 톰은 추워.

글로스터 저와 함께 가시죠. 제 충성심은 도저히 따르지 못하겠습
니다.
　　　폐하 따님들의 온갖 가혹한 분부들을요.
　　　제 집 빗장을 걸어 잠그고,
　　　이 학정의 밤이 폐하를 덮치게 놔두라는 게 그들 명이었지만
　　　저는 과감하게 폐하를 찾아 나섰습니다.

폐하를 불과 음식이 마련된 곳으로 모시려구요.

리어 우선 말 좀 나눠 보자, 이 철학자 분과.

천둥의 원인은 무엇이라고 생각하나?

켄트 자상하신 폐하, 제안을 받아들이소서. 집 안으로 들어가세요.

리어 이 테베 출신 현자와 말을 나눠 보겠다니까.

무엇을 전공하셨는고?

에드가 악마를 막는 법, 그리고 해충을 죽이는 법.

리어 개인적으로 한마디만 청하세.

켄트 가시자고 한 번 더 간해 보시오. 대신,

제정신이 흐트러지시려 하오.

글로스터 누군들 안 그렇겠소?

〔여전히 폭풍우〕

그분 딸들이 그분의 목숨을 노리고 있소. 아, 그 착한 켄트!

그가 이리될 거라 말했었지, 불쌍하게 추방된 사람!

왕께서 거의 미쳐 간다고 당신이 말했죠. 내 말하지만, 친구,

내 자신이 거의 미쳤다오. 내게 아들이 하나 있는데,

족보에서 지워 버렸다오. 그가 내 목숨을 노렸어.

하지만 최근, 아주 최근까지도, 난 그를 사랑했어요, 친구.

어느 아버지도 아들을 이보다 더 소중히 여기지는 않았을 거

야. 진실로 말이지만,

슬픔이 내 정신을 돌게 만들었지. 지랄 같은 밤이로다!

폐하 참으로 청하옵건대 —.

리어 오, 죄송하오, 선생.

숭고한 철학자시여, 함께 갑시다.

에드가 톰은 추워.

글로스터 들어가게, 친구, 저기, 헛간 속으로. 몸을 녹여야지.

리어 자, 모두 들어가세.

   이쪽으로, 선생께서는.

켄트 그를 데려가시다니!

리어 난 이 철학자 분과 함께 지낼 테야.

켄트 대신, 폐하 기분을 맞춰 드리시죠, 그 친구를 데려가시게 두
   세요.

글로스터 당신이 앞장서시오.

켄트 이놈아. 가자. 우리를 따라오너라.

리어 오시오, 훌륭하신 아테네 현자여.

글로스터 아무 말 말아. 아무 말도, 쉿.

에드가 기사 지망생 롤랑이 어두운 탑으로 왔다네,

   그의 좌우명은 언제나—피, 포, 그리고 펌,

   브리튼 사람 피 냄새가 나는구나.

   모두 퇴장

3막 5장
글로스터의 성

콘월과 에드먼드 등장

콘월 그의 집을 떠나기 전에 복수를 하겠다.

에드먼드 사람들이, 나리, 저를 어떻게 볼는지요, 친족의 애정이 충성심에 졌으니, 그 생각을 하면 좀 염려스럽습니다.

콘월 이제 보니, 네 형이 사악한 마음 때문에 그를 죽이려 했던 게 아니었구나, 아비의 결함이 아들의 몹쓸 기질을 작동시킨 것이로다.

에드먼드 제 운명은 참으로 악의적이네요, 정의로운 일을 참회해야 하는! 이게 그가 말한 편지인데요, 보시면 그가 프랑스에 더러운 첩자 노릇을 해 주었다는 걸 알 수 있습니다. 오 하늘이여! 이 반역이 없었다면, 아니면 내가 그것을 탐지하지 못했다면!

콘월 나와 함께 공작 부인께 가세.

에드먼드 편지에 쓰인 게 확실하다면, 막중대사가 나리 손에 달렸습니다.

콘월 사실이든 아니든, 그것으로 자네는 글로스터 백작이 되었네. 자네 아버지가 어디 있는지 찾아내게, 우리가 체포할 테니까.

에드먼드 〔방백〕 그가 왕을 위로하는 현장을 덮치면, 공작의 의심

이 더 꽉꽉 채워지겠지.—저는 계속 충성의 길을 갈 것입니다,
비록 그것과 제 피 사이 갈등이 쓰라리지만요.

콘월 난 자네를 믿을 것이야. 그리고 내 사랑이 자네 아버지보다
더 극진하다는 걸 알게 해 주지.

　　　퇴장

3막 6장

글로스터 성 부속 건물 내부

▄▄▄

글로스터, 리어. 켄트, 바보광대, 그리고 에드가 등장

글로스터 이곳이 노천보다 낫지요, 그것만 해도 어디요. 가능한 대로 덧대서 좀 더 안락하게 꾸며 보겠소, 조금만 기다려 주시오.

켄트 참을 수 없는 분노가 폐하의 모든 정신력을 지배하오. 신들이 당신의 호의를 보답해 주시기를!

글로스터 퇴장

에드가 프라테레토가 날 부르네, 그리고 네로가 암흑의 호수 속 낚시꾼이래. 기도하라, 죄 없는 자들, 그리고 비열한 악마를 조심해.

바보광대 말해 봐, 아저씨, 미치광이는 신사게 자유농민이게?

리어 왕이다, 왕이야!

바보광대 틀렸어, 신사를 아들로 둔 자유농민이야. 왜냐 자기 아들을 신사로 앞세웠으니 미친 자유농민이지.

리어 천 명의 악마가 붉게 불타는 침을 뱉으며
   그년들을 덮쳤으면—.

에드가 비열한 악마가 내 등을 물어뜯는다.

바보광대 미친놈이나 믿겠지, 늑대의 온순함을, 필마의 건강을, 소

년의 사랑을, 혹은 창녀의 맹세를.

리어 그렇게 되리로다. 즉시 그들을 처단하리라.

　　　〔에드가에게〕자, 여기 앉으시오, 가장 박식한 재판관.

　　　〔바보광대에게〕너는, 아는 척하는 녀석, 여기 앉고. 자, 이 암
　　여우들아!

에드가 보라, 그가 서서 눈을 부릅뜬다! 재판 참관인이 필요하시
　　오, 여인?

바보광대 작은 시냇물 건너, 베시, 내게로 와요—

　　　　　그녀 배는 질질 새지,

　　　　　말하면 안 돼, 그녀가

　　　　　왜 감히 네게 건너오지 못하는지.

에드가 비열한 악마가 유령처럼 출몰해, 나이팅게일 소리를 내며,
　　불쌍한 톰한테. 합댄스가 소리를 질러, 톰 뱃속에서, 신선한
　　청어 두 마리 달라고. 깍깍대지 마, 검은 천사 놈, 네게 줄 음
　　식은 없어.

켄트 괜찮으십니까, 폐하? 그렇게 깜짝 놀라 서 계시지 마소서.
　　방석에 누워 쉬셔야지요?

리어 재판 먼저 볼 거야. 증거를 제출하라.

　　　〔에드가에게〕정의의 법복을 갖춘 그대, 자리에 앉으시오.

　　　〔바보광대에게〕그리고 당신은, 이분의 배석 판사니까,

　　　그 옆에 앉으시오. 〔켄트에게〕재판관이니, 당신도 앉으시오.

에드가 공정하게 다룹시다.

　　　　너 자느냐 깼느냐, 유쾌한 양치기?

　　　　양 모이 줘야지,

　　　　그리고 입맛 까다로운 네가 입질을 한들

양들은 피해가 없을걸.

그르릉 고양이는 회색이지.

리어 그녀 먼저 심판하라, 이게 고네릴이야. 이 명예로운 모임 앞
에 내가 맹세하노니, 그녀가 불쌍한 왕 그녀 아버지를 발길로
찼도다.

바보광대 이리 오쇼, 아줌마. 당신 이름이 고네릴이야?

리어 아니라곤 못하리로다.

바보광대 미안해, 난 당신이 조립식 걸상인 줄 알았어.

리어 그리고 여기 또 한 명, 표정이 비뚤어진 것만 봐도
그녀 가슴이 무슨 재료로 만들어졌는지 알겠구나. 그녀를 거
기 세워라!

무기, 무기, 칼, 불! 이곳도 썩었다!

거짓된 재판관, 왜 그녀를 도망치게 했는가?

에드가 당신의 오관에 축복을!

켄트 오 불쌍도 하셔라! 폐하, 그 인내심은 다 어디로 갔나이까,
폐하께서 그리도 빈번히 내로라하시던?

에드가 〔방백〕 내 눈물이 너무 참견하려 하는군,
내 변장을 얼룩지게 하겠어.

리어 심지어 강아지들조차,
트레이, 흰둥이, 사랑이가, 봐, 내게 짖어 댄다.

에드가 톰이 겁을 좀 줄까? 꺼져라, 이 똥개들아!
주둥이가 시커멓든 하얗든,
물면 광견병을 옮기는 이빨이지.
마스티프, 그레이하운드, 더러운 똥개,
사냥개 혹은 스패니얼, 암캐 혹은 수캐,

혹은 꼬리 짧은 똥개 혹은 꼬리 긴 똥개.

톰은 그것들 모두 울며 낑낑대게 할 거야.

왜냐, 내가 이렇게 겁을 주면,

개들은 쪽문을 뛰어넘지, 그리고 모두 달아나 버리지.

도 데, 데, 데. 세사! 가자, 행진해 가자, 교구 축제와 장날과 장터를 향해. 불쌍한 톰, 각설이 신명이 다했구나.

리어　그러면 리건을 해부하라고 하라, 그녀 심장 주변에 뭐가 생겨났는지 보게. 이런 비정한 가슴을 만드는 자연의 원인이라도 있는 건가? 〔에드가에게〕당신을, 선생, 나의 백 명 중 하나로 받아들이겠네. 당신 의복 유행이 맘에 안 들어. 당신은 페르시아 풍이라고 하겠지, 하지만 바꾸도록.

켄트　자, 착하신 폐하, 저리 누워서 잠시 쉬소서.

리어　소리 내지 마, 아무 소리도. 커튼을 내려라. 그래, 그래, 그래. 아침에 저녁을 먹자.

바보광대　그리고 난 정오에 침대로 갈 거야.

　　　글로스터 재등장

글로스터　이리로 오시게, 친구. 나의 주인 왕께선 어디 계시오?

켄트　여기 계십니다, 경. 하지만 깨우지 마소서, 넋이 나가셨소.

글로스터　좋은 친구, 청컨대, 그분을 팔로 안으시오.

　　　내가 그분을 살해하려는 음모를 엿들었소.

　　　들것을 준비했소, 그분을 거기 눕혀요,

　　　그리고 도버 쪽으로 가시오, 친구, 그곳에서 받을 수 있을 거요.

　　　환영과 보호를 모두. 주인님을 들어 올리세요.

반 시간만 지체해도, 그분 목숨은,

당신 목숨 그리고 그분을 지키려는 모든 이의 목숨과 함께,

사라질 게 분명하오. 들어 올려, 들어 올려요!

그리고 나를 따르시오. 당신네들을 빠르게 인도하겠소,

약간의 저장품이 있는 곳으로.

켄트 억눌린 자연이 잠들었도다.

이 휴식이 폐하의 찢어진 신경을 진정시켰을지도 몰라,

형편 좋을 때가 아니면, 고치기 힘든 병이긴 하지만.

[바보광대에게] 이리 와, 자네 주인님 나르는 것 도와야지.

자네 뒤처지면 안 되네.

글로스터 자 어서, 가세.

에드가만 남고 모두 퇴장

에드가 우리보다 높은 사람들이 우리 고통을 겪는 걸 보면,

우린 우리의 비참을 좀체 악마라고 생각하지 않게 되지.

홀로 고통 받는 자가 마음에 가장 큰 고통을 받지,

걱정 없던 일들과 행복한 장면들을 뒤에 남기며.

하지만 그렇담 마음은 많은 괴로움을 정말 건너뛰게 된다,

슬픔이 짝을, 고통이 우정을 만날 때.

이제 나의 아픔은 얼마나 가볍고 휴대하기 편해 보이는가,

나를 굽히는 그것이 왕을 절하게 만든다면.

그는 자식들에게 당했다, 내가 아버지한테 당했듯! 톰, 떠

나라!

중요한 소문에 유념할 것, 그리고 자신을 드러낼 것,

거짓된 의견이, 잘못 생각으로 너를 더럽히는 그것이

네 정당한 증거로 무효화하고 너를 화해시킬 때.
오늘 밤 무슨 일이 더 있든, 왕께서 무사히 피하시기를!
가만가만, 살금살금.

　　퇴장

3막 7장

글로스터 성

콘월, 리건, 고네릴, 에드먼드, 그리고 하인들 등장

콘월 〔고네릴에게〕 빨리 올버니 공작께 사람을 보내시오. 그분께 이
편지를 보여 드려요. 프랑스 군대가 상륙했소. 악당 글로스터
를 찾아내라.

하인들 몇 퇴장

리건 즉시 교수형에 처하세요.

고네릴 눈알을 뽑아 버리지.

콘월 괘씸한 그는 내가 알아서 하리다. 에드먼드, 자네는 우리 처
형과 함께 가게. 자네의 반역자 아버지한테 우리가 어쩔 수 없
이 가하게 될 응징은 자네가 차마 못 볼 것일세. 공작을 만나
면, 준비를 서두르시라 전하게. 우리도 그럴 것이야. 우리 사
이 연락이 신속하고 또 정보통이어야 하네. 잘 가요, 사랑하는
처형. 잘 가게, 글로스터 경.

〔오스월드 등장〕

어떻게 됐나! 왕은 어딨어?

오스월드 글로스터 경께서 데려갔습니다.

왕의 기사 서른대여섯 명이,

왕을 끔찍이 쫓아다니는 자들이죠. 문에서 왕과 합류했구요.
그들이, 글로스터 경 하인 몇몇과 함께,
왕을 수행하며 도버로 향했습니다. 그곳에
무장이 잘된 친구들이 있다고 떠벌리면서요.

콘월 마님께 말을 내드리게.

고네릴 잘 계시오, 친절한 경, 그리고 동생.

콘월 에드먼드, 잘 가게.

〔고네릴, 에드먼드, 그리고 오스월드 퇴장〕

가서 반역자 글로스터를 찾으라,
도둑놈처럼 양팔을 묶어서, 우리 앞에 데려와.

〔다른 하인들 퇴장〕

비록 우리가 공식적인 절차 없이 그에게
사형을 내리면 안 되겠지만, 힘으로
우리 분노에 예를 표해야겠지, 분노란
비난할 수 있을지 몰라도, 통제할 수 없는 거니까. 거기 누구
냐? 반역자?

글로스터 등장, 두세 명이 그를 잡고 있다.

리건 배은망덕한 여우! 그놈이에요.

콘월 그의 앙상한 두 팔을 꽁꽁 묶어라.

글로스터 이게 무슨 짓이오, 두 분? 착하신 친구 분들, 감안하시오,
두 분이 제 손님이라는 점을. 이건 반칙입니다. 친구 분들.

콘월 그를 묶으라잖느냐.

하인들이 글로스터를 묶는다.

리건 세게, 세게 묶어. 오 더러운 반역자!

글로스터 당신이 무자비한 분이지, 제가 반역을 한 게 아닙니다.

콘월 이 의자에 묶어라. 악당, 너는 기필코—.

리건이 글로스터의 턱수염을 뽑는다.

글로스터 착한 신들에 맹세코, 가장 수치스런 짓이오,

　　　내 턱수염을 뽑다니.

리건 이렇게 하얀데, 이런 반역자라니!

글로스터 사악한 부인이여,

　　　그 터럭들은, 부인이 내 턱에서 강탈해 갔지만,

　　　살아나서, 그대의 죄를 추궁하리다. 난 당신들을 맞은 집주

인이오.

　　　도적의 손으로 따듯한 내 손님맞이의 면모를

　　　이렇게 헝클어뜨릴 수는 없소. 어쩌시려는 게요?

콘월 자, 보라구, 최근 프랑스 왕한테서 무슨 편지를 받았지?

리건 솔직히 말해, 우린 진실을 알고 있다구.

콘월 그리고 어떤 동맹을 맺었나, 최근

　　　왕국에 상륙한 반역자들과?

리건 그 미치광이 왕을 누구한테 보냈지? 말해.

글로스터 내가 받은 편지는 내용이 가정형으로,

　　　중립적인 경향의 사람한테서 온 것이지,

　　　반대자한테서 온 게 아니오.

콘월 교활하다.

리건 그리고 허위야.

콘월 왕을 어디로 보냈지?

글로스터 도버로.

리건 왜 도버지? 너는 명받지 않았나 위급할 경우─.

콘월 왜 도버지? 그것부터 답하게 하시오.

글로스터 말뚝에 묶여 집중 공격을 받는 형세로고.

리건 왜 도버지?

글로스터 보고 싶지 않았기 때문이오, 잔인한 당신의 손톱이
　　　불쌍하고 늙은 그분 눈을 뽑아내는 것을, 당신의 사나운 언
　　니가
　　　성유로 성화한 그분 육신을 멧돼지 이빨로 꿰찌르는 것도.
　　　바다는, 벗겨진 그분의 머리가 지옥처럼 깜깜한 밤에
　　　겪었던 그런 폭풍우로, 차오를 참이었소.
　　　차올라 별빛을 꺼 버릴 참이었소.
　　　하지만, 불쌍하고 늙은 마음이여, 그분은 거들고 있었소, 하
　　늘의 진노를.
　　　늑대들이 그 무서운 시간 당신의 문에 대고 컹컹 짖었다면,
　　　그 말뜻은 분명 "착한 문지기님, 문을 열어 주세요"였을 게요.
　　　다른 잔인한 짐승들 모두 동정에 빠졌소. 하지만 난 보게 될
　　거요.
　　　날개 달린 복수의 천사가 이런 자식들을 덮치는 것을.

콘월 너는 결코 보지 못하리로다. 여봐라, 의자를 붙잡아라.
　　　이자의 두 눈을 내가 발로 짓밟으리니.

글로스터 늙을 때까지 오래 살려 하는 자,
　　　나를 좀 도와다오! 오 잔인하다! 오 그대 신들이여!

리건 한쪽 눈이 다른 쪽을 비웃네요. 다른 쪽도요!

콘월 만일 네가 복수를 본다면─.

첫 번째 하인 멈추시오, 주인님,

저는 어릴 적부터 주인님을 섬겨 왔습니다.

하지만 지금 멈추라 하는 것보다

더 훌륭한 시중은 결코 든 적이 없습니다.

리건 뭐냐, 이 개 같은 놈!

첫 번째 하인 당신 턱에 수염이 났다면,

이 시점에서 죄다 뽑아 버리겠어.

리건 뭔 짓을 하려는 게야?

콘월 감히 하인 놈이!

첫 번째 하인 그래, 그렇담, 해보자, 화날 때 붙어 보자구.

리건 내게 칼을 다오. 농민 봉기가 이런 거렷다!

콘월이 부상당한다.

리건이 칼을 잡는다. 그리고 뒤에서 그를 찌른다.

첫 번째 하인 오, 난 남의 손에 죽는구나! 나리, 나리께서는 한 눈이 남아

그가 약간이나마 상처 입는 것을 보셨습니다그려. 오!

하인이 죽는다.

콘월 더 보면 안 되니, 막아야겠지. 나오라, 보기 흉한 우무 덩어리!

예전의 광채는 어디 갔느냐?

글로스터 온 세상 깜깜하고 위안 없도다. 내 아들 에드먼드는 어디

있느냐?

에드먼드, 타오르게 하라, 자연의 온갖 불티를,

이 지독한 짓을 응징키 위해.

리건 꺼져, 배반을 일삼는 악당!

　　　네가 부르는 그는 너를 증오할걸. 바로 그가

　　　너의 반역을 고발했거든.

　　　너를 불쌍히 여기기에는 너무 훌륭한 사람이지.

글로스터 오 나의 어리석음이여! 그렇다면 에드가가 매도당했도다!

　　　착한 신들이여, 내 어리석음을 용서하라, 그리고 그가 흥하게

　　하라!

리건 그를 문밖으로 밀쳐 내, 그리고 냄새만으로

　　　도버 길을 찾게 해.

　　　　　　〔한 사람이 글로스터와 함께 퇴장〕

　　　괜찮으세요, 여보? 기분이 어때요?

콘월 상처를 한 군데 입었소. 나를 따르시오, 부인.

　　　저 눈 없는 악당을 내쫓으라. 이 하인 놈은 던져 버리라,

　　　똥 더미에다. 리건, 피가 많이 나는군.

　　　하필 이런 때 상처를 입다니. 당신 팔을 주시오.

　　　　　　리건에 이끌려 콘월 퇴장

두 번째 하인 어떤 사악한 짓을 해도 신경 쓸 게 없겠군,

　　　저자가 잘된다면 말야.

세 번째 하인 그녀가 오래 산다면,

　　　그리고 결국 통상적인 사망 코스를 밟는다면,

　　　여자들은 모두 괴물로 변할 거야.

두 번째 하인 백작 노인을 따라가세, 그리고 미치광이 거지한테

　　　그분을 원하는 곳에 모셔 주라 하자구. 그 미친놈은 건달기

　　가 있어

무엇이든 해 주니까.

세 번째 하인 자네가 가. 난 아마와 계란 흰자를 좀 가져다가
        피 흘리는 그분 얼굴에 발라 줘야겠어. 자, 하늘이 그분을 돕
        기를!

        각자 따로따로 퇴장

제4막

난 길이 없어, 그러므로 아무 눈도 필요 없어.
눈이 보였을 때 나는 비틀거렸다네.

4막 1장

널따란 시골 들판

에드가 등장

에드가 하지만 이런 게, 그리고 경멸당한다고 알려지는 게 낫지,
　　　　항상 경멸당하면서도 아첨당하는 것보다야. 최악인 것,
　　　　가장 비천하고 가장 낙담한 운명을 담지하는 것은,
　　　　아직 희망이 있어, 겁날 게 없거든.
　　　　한탄스러운 변화는 최선으로부터야.
　　　　최악은 웃음으로 돌아가거든. 어서 오라, 그렇다면,
　　　　내가 포옹하는 그대 실체 없는 허공이여!
　　　　그대가 최악으로 몰고 간 이 가련한 자는
　　　　그대의 일진광풍에 대가 지불할 돈 없도다. 그런데 누가 이
　　　　리로 오지?

　　　　〔글로스터, 노인에 이끌려 등장〕

　　　　내 아버지, 눈이 얼룩덜룩한? 세상이여, 세상이여, 오 세상
　　　　이여!
　　　　기이한 운명의 역전 때문에 세상이 지겹지 않았다면,
　　　　우리는 연로와 죽음에 동의치 않았으리.
노인　오, 마음씨 고우신 주인님, 저는 주인님의 소작인이었고,
　　　　주인님 아버님의 소작인이었습죠, 80년 동안이요.

글로스터 가라, 가 버려! 착한 친구, 가시게.

　　　자네의 보조는 내게 전혀 소용이 없어,

　　　자넬 그들이 해칠지 모르고.

노인 아아, 나리, 나리는 길을 못 보시잖습니까.

글로스터 난 길이 없어, 그러므로 아무 눈도 필요 없어.

　　　눈이 보였을 때 나는 비틀거렸다네. 그런 일이 참 많지.

　　　재부는 우리를 과도하게 자신만만케 해, 그리고 완전히

　　　박탈당하는 게 오히려 득이 된다는 거. 오 사랑하는 내 아들

　　　에드가,

　　　경멸당한 아비의 분노에 사냥당했도다!

　　　살아서 너를 감촉으로 볼 수만 있다면,

　　　내가 눈을 다시 가졌다 말하겠노라!

노인 무슨 일인가! 거기 누구요?

에드가 〔방백〕 오 신들이여! 누가 말할 수 있는가, "나는 지금 최악"

　　　이라고?

　　　이제껏 어느 때보다 더 나빠졌는데.

노인 불쌍한 광인 톰이군.

에드가 〔방백〕 그리고 아직 더 나빠질 수도 있는데. 최악은 아냐,

　　　이게 최악이라고 말할 수 있는 한.

노인 이봐, 어디로 가는가?

글로스터 거지 사낸가?

노인 광인이고 거지이기도 합니다.

글로스터 무슨 연유가 있겠지, 그렇지 않고서야 구걸을 하겠는가.

　　　어젯밤 폭풍우 속에 내가 본 자는 꼴이 엉망이더라구,

　　　사람을 벌레라고 생각했을 정도야. 내 아들이

그때 맘속에 떠올랐어. 그렇지만 내 마음은

그때 그와 친했다고 하기 어렵지. 그 뒤로 얘기를 더 들었다.

파리가 장난꾸러기 애들한테 당하듯 우리는 신들에게 당해,

재미 삼아 우릴 죽인다구.

에드가 [방백] 어떻게 이 지경이?

슬픔한테 바보를 연기해야 하는 직업은 형편없는 직업이야,

스스로와 다른 이들을 노엽게 하는. ─신의 축복을, 선생!

글로스터 그 헐벗은 놈인가?

노인 예, 주인님.

글로스터 그러면, 부디, 그만 가시게. 만일, 나를 위해,

우리를 따라잡을 생각이 있으면, 여기서 1마일 혹은 2마일,

도버 가는 길에서, 옛정을 생각하여 그래 주게.

그리고 이 벌거벗은 놈한테 가릴 것 좀 갖다 줘,

이놈한테 날 인도해 달라고 부탁해 볼 참이니까.

노인 아아, 나리, 그는 미쳤는데요.

글로스터 광인이 맹인을 이끄는 시대는 정말 병든 거지.

내가 말한 대로 하시게, 아니면 자네 맘대로 하면 더 좋고.

그런 것보다, 어서 가시게.

노인 제가 지닌 의복 중 제일 좋은 걸로 가져다주겠습니다,

무슨 일이 있더라도. [퇴장]

글로스터 이놈아, 벌거벗은 놈─.

에드가 불쌍한 톰은 추워. [방백] 더 이상 수작을 못 부리겠어.

글로스터 이리 오너라, 녀석.

에드가 [방백] 하지만 해야 돼.─부드러운 당신 두 눈에 축복을,

피가 흐르네.

글로스터 도버로 가는 길을 아느냐?

에드가 계단도 알고 문도 알지, 말 길, 발 길 다 알지. 불쌍한 톰은
    겁에 질려 좋은 넋이 나갔어. 그대에게 축복을, 착한 사람의
    아들이여, 비열한 악마가 주는 축복을! 다섯 개 적이 불쌍한
    톰을 한꺼번에 덮쳤다. 정욕의 오비디쿠트, 벙어리의 군주 호
    비디댄스, 도둑질의 마후, 살인의 모도, 얼굴 찡그리는 플리버
    티지벳. 그는 그 뒤로 하녀와 시녀를 차지했지. 그러니, 그대
    에게 축복을, 선생!

글로스터 옜다, 이 지갑을 주마, 하늘의 재앙이
        너를 낮추어 온갖 풍파를 겪게 했구나. 내가 비참하다는 사
    실이
        너를 더 행복하게 만드는 거야. 하늘이여, 항상 그렇게 거래
    하라!
        과도하게 번창하여 식욕을 탐닉하는 자들,
        그대의 권위를 미루적거리는, 느끼지 않으므로
        보지 않으려는 자들이, 느끼게 하라, 그대의 힘을 어서.
        그렇게 분배는 과잉을 수포로 돌리고,
        각각의 사람이 충분히 갖게 되리니. 너 도버를 아느냐?

에드가 아오, 선생.

글로스터 낭떠러지가 하나 있어, 높게 드리운 꼭대기가
        그 아래 유폐된 해협 속을 무섭게 응시하는 곳이지.
        날 그 가장자리까지만 데려다 다오.
        그러면 네가 겪는 그 비참을 보상해 주마,
        내가 지닌 값진 걸로. 거기서부터는
        아무 인도도 필요치 않아.

에드가 팔을 내게 줘.

불쌍한 톰이 당신을 인도할 거야.

모두 퇴장

4막 2장

올버니의 성 앞

고네릴과 에드먼드 등장

고네릴 잘 오셨소, 경. 희한하군, 우리가 오는 도중에
　　　유순한 내 남편을 만나지 못한 게.

　　　〔오스월드 등장〕

　　　자네 주인 지금 어디 계신가?

오스월드 마님, 안에요. 근데 사람이 그렇게 변한 건 보다 첨 봅니
　　　다요.

　　　상륙한 군대에 대해 말씀드렸죠,

　　　미소를 지으시더라구요. 마님께서 오신다고 말씀드렸더니,

　　　주인님 답변이 "더 나쁘군"이셨구요. 글로스터의 모반,

　　　그리고 그 아들의 충성스런 복무에 대해

　　　알려 드렸더니 저더러 멍청이라는 거예요.

　　　그리고 제가 사태 파악을 거꾸로 한다시더라구요.

　　　가장 싫어하실 법한 얘기에 즐거워하셨어요,

　　　좋아하실 법한 얘기는 역겨워하시고.

고네릴 〔에드먼드에게〕 그렇다면 경이 더 이상 가면 안 되겠네요.

　　　그는 영혼의 비겁한 공포심 때문에,

　　　도무지 뭘 감행하려 들지 않아요. 느끼려 들지 않죠, 모욕을,

의당 응징해야 하는데 말예요. 오는 도중 얘기한 것은

실행에 옮길 수 있겠지요. 돌아가시오, 에드먼드, 제부한테로,

그의 부대 소집을 재촉하고 군대를 지휘하시오.

난 집에서 무기를 바꾸고, 그리고 실톳이나 쥐어 줘야겠어요,

남편 두 손에. 믿을 만한 이 하인이

우리 사이를 오갈 겁니다. 아마 오래지 않아 듣게 될 거예요,

당신이 자신을 위해 모험을 감행한다면,

여주인의 명을. 이것이 정표예요. 말은 아끼시고요.

〔입맞춤을 허락하며〕 머리를 숙이세요. 이 입맞춤은, 그것이 감

히 입을 연다면,

그대 영혼을 허공 위로 내뻗게 할 겁니다.

제 말을 잘 헤아리세요, 그리고 잘 가요.

에드먼드 죽음의 대열 속에서도 저는 공주 마마의 종입니다.

고네릴 내가 가장 친애하는 글로스터 경!

〔에드먼드 퇴장〕

오 사람과 사람이 이리 다르다니!

당신한테는 여자 일이 제격이야,

내 바보가 나의 육신을 찬탈하다니.

오스월드 마님, 주인님께서 오십니다. 〔퇴장〕

올버니 등장

고네릴 휘파람쯤은 불어 주실 줄 알았는데요.

올버니 오 고네릴!

당신은 거친 바람이 당신 얼굴에 불어 대는 먼지만큼의

가치도 없어. 난 두렵소, 당신 기질이.

자신의 기원을 경멸하는 자연은,

그 자체로 안전하게 방어될 수 없소.

자신을 찢어 스스로 본질적인 액즙에서

분리되려 한다면, 그 가지는 필히 시들어

치명적으로 사용될밖에 없소.

고네릴 그만하세요. 텍스트가 멍청하네요.

올버니 지혜와 선함은 꼴불견들한테는 꼴불견으로 보이지,

오물은 오로지 오물만 맛있다는 법. 무슨 짓을 저지른 거요?

호랑이들이지, 딸들이 아냐, 무슨 짓을 해 버린 거요?

아버지를, 은혜가 넘쳐 흐르는 노인 분을,

모가지를 질질 끌고 다니는 곰조차 그 위엄을 핥을 분을,

가장 야만적으로, 가장 퇴행적으로, 당신들이 미치게 만들었어.

착한 동서는 어찌 당신들 그 짓을 그냥 두고 보았을까?

사내이자, 군주고, 그분께 그토록 은전을 입었는데!

하늘이 눈에 보이는 하늘 정령들을 빨리 파견하여

이런 사악한 범죄를 다스리지 않는다면,

끔찍한 사태가 올 거야,

인간은 필히 스스로를 먹이 삼을 거야,

심해의 괴물들처럼.

고네릴 간이 우유 같은 위인!

뺨싸대기를 맞고, 머리에 똥을 뒤집어써도 가만있을 위인!

명예와 고통을 구분하는 이마의 눈 하나가

없는 위인! 당신은 알지 못해요,

바보들은 그런 악당들을 동정하지, 나쁜 짓을 하기 전에

미리 벌을 받는 건데도 말예요. 당신 북은 어딨나요?

프랑스가 그의 깃발을 조용한 우리 땅에 펼치고 있어요,

깃털 투구를 쓰고 당신 나라를 위협하기 시작했는데

그런데도 당신, 설교나 해 대는 바보는, 그냥 앉아 있죠. 그

리고

"아, 그가 왜 그러는 걸까?" 소리만 지르고 있어요.

올버니 당신 자신을 봐, 악마!

악마한테나 어울릴 추악함도

여자한테서처럼 끔찍하지는 않아.

고네릴 오 쓸모없는 멍청이!

올버니 당신은 짐승을 바꾸어 당신 실체로 위장한 거야, 수치를 모

르나,

당신 모습을 괴물로 만들지 마시오. 여차하면

이 두 손을 피에 복종케 하여,

탈구시키고 찢어 버릴 거야,

당신의 살과 뼈를. 당신은 악마지만,

여자 형용이니 살려 두는 줄 알라구.

고네릴 어마나, 조금은 사내답네요, 야옹!

　　　　　　전령 등장

올버니 무슨 소식이냐?

전령 오 훌륭하신 나리, 콘월 공작이 돌아가셨습니다.

하인에 의해 살해당했습니다. 글로스터의

다른 쪽 눈도 뽑아내시려요.

올버니 글로스터의 눈?

132 리어 왕

전령 그분이 키운 하인이, 동정심에 흔들려

그 행위에 반대하며 칼을 겨눴지요.

자기 주인을 향해. 주인은, 위협에 격분,

그자를 덮쳤고, 둘 중 그자가 사망했어요.

하지만 상처를 입힌 후였죠. 그리고 그것이 나중에

주인으로 하여금 하인 뒤를 따르게 했습니다.

올버니 위에 계시기는 계시는도다.

그대 심판관들이, 아래 세상에서 저질러지는 범죄를

이토록 신속하게 응징하다니! 그러나, 오 불쌍한 글로스터!

그가 다른 쪽 눈도 잃었는가?

전령 두 개 다, 두 개 다 잃었습니다. 나리.

이 편지는, 마님, 빨리 답장을 보내 달라십니다.

동생 분께서 보내시는 겁니다.

고네릴 〔방백〕 어떻게 보면 잘된 일이야.

하지만 그 애가 과부 처지고, 나의 글로스터가 그 애와 함께
있으니,

내 생각으로 꾸민 건물이 와르르 무너져

증오스런 삶을 내게 덮쳐 댈 수도 있겠군. 다르게 보면,

이 소식은 그리 쓰라린 게 아니고.—내가 읽어 보고, 답하
겠다. 〔퇴장〕

올버니 그의 아들은 어디 있었나, 그분이 두 눈을 뽑힐 때?

전령 마님과 함께 이리로 오셨는뎁쇼.

올버니 이리 오지 않았는데.

전령 맞아요, 훌륭하신 나리, 다시 돌아가는 걸 제가 보았습니다.

올버니 이 사악한 짓을 그가 알고 있나?

전령 그럼요, 훌륭하신 나리, 그가 고발한걸요.
그리고 의도적으로 집을 떠났습니다. 그들이 치죄를
좀 더 맘 편하게 할 수 있게끔요.
올버니 글로스터, 내가 사는 것은
그대가 왕께 보였던 사랑에 감사하기 위해서요. 따라오라,
친구.
더 자세한 얘기를 아는 대로 해 다오.

모두 퇴장

4막 3장
도버 프랑스군 진영 근처

⛫

켄트와 신사 등장

켄트 왜 프랑스 왕이 그리 갑자기 철수를 했는지 이유를 아오?

신사 나라에 해결할 일이 좀 있었답니다. 출정하고 나서야 생각이
났다는데요. 왕국에 상당한 두려움과 위험을 줄 수도 있는 사안
인지라 그분이 직접 가 보시는 게 필요하다고 빗발치는 요청이 있
었답니다.

켄트 누구를 남겨 두셨소, 총사령관으로?

신사 프랑스 육군 원수, 라파르 씨요.

켄트 편지를 읽고 왕비께서 슬픔에 찔린 표정을 보이십디까?

신사 그럼요, 선생. 왕비께선 편지를, 제가 있는 데서 읽으셨습니다.
그리고 이따금씩 풍부한 눈물이 졸졸 흘렀죠.
섬세한 그분 뺨 아래로. 제가 보기에 그분은 왕비답게
다스렸습니다. 자신의 감정 과잉을. 감정은, 정말 반역도처럼,
그분한테 왕 노릇을 하려 기를 썼지만요.

켄트 오, 그렇담 편지가 움직였군, 그분의 감정을.

신사 분노 쪽으로는 아니고. 인내와 슬픔이 서로 겨뤘지요.
누가 그녀 감정을 제대로 표현할 것이냐, 본 적이 있으시죠,
햇빛과 비가 동시에 내리는 걸, 그분의 미소와 눈물이

어떻게 보면 그 비슷했습니다. 행복한 잔미소들이,
그분의 도톰한 입술 위에 뛰놀았는데, 모르는 듯했습니다.
그분 눈에 어떤 손님들이 와 있는지, 그리고 손님들은 거길
떠났죠.
다이아몬드에서 진주들이 떨어지듯. 간단히 말하면,
슬픔은 가장 사랑스런 보석일 거요.
모든 사람이 그리 아름답게 슬픔을 착용한다면.

켄트 묻는 말씀은 없으셨소?

신사 정말, 한 번인가 두 번 그분은 "아버지"의 이름을 들어 올렸소.
헉헉거리며, 마치 그것이 그분 가슴을 짓누르는 것처럼,
고함질렀죠. "언니들! 언니들! 부인들의 수치! 언니들!
켄트! 아버지! 뭐라, 야밤의 폭풍우 속에?
자비를 믿지 말지어라!" 이 대목에서 그분이
그 신성한 물을 천상의 두 눈에서 떨구었소,
그리고 고뇌를 적셨죠. 그러더니 그분은 뛰쳐나가
슬픔을 혼자 상대하셨소.

켄트 별들이요.
우리 위 별들이, 우리 상태를 좌지우지하는 거야.
아니면 똑같은 쌍이 만들었는데 나온 자식이
이렇게 다를 수가 없지. 그 뒤론 그분과 얘기 안 나누셨소?

신사 아뇨.

켄트 이건 프랑스 왕이 돌아가기 전 일인가요?

신사 아뇨, 그 후예요.

켄트 그렇고, 선생, 불쌍한 번민의 리어께서 읍내에 계십니다.
종종, 정신이 좀 나시면, 기억을 하세요,

우리가 무슨 일로 왔는지, 그런데 도무지

따님을 만나시겠다고 안 하시네요.

신사 왜요, 선생?

켄트 군주의 수치심의 팔꿈치가 옆구리를 쑤시겠죠. 그가 몰인정하게

그녀에게서 은전을 박탈하고, 그녀를 이국의 위험에 내맡기고,

그녀의 소중한 권리를 줘 버렸잖습니까.

심장이 개 같은 그의 다른 딸들에게. 이런 일들이 쿡쿡 쑤시는

거죠.

그의 마음을, 그것도 지독한 독침으로, 하여 불타는 수치심이

그분을 코델리어로부터 억류하고 있는 겁니다.

신사 아아, 불쌍한 분!

켄트 올버니와 콘월 군대에 대해서는 들으신 게 없습니까?

신사 행군 중이랍디다.

켄트 그렇군, 선생, 제가 선생을 우리 주인 리어께 데려다 주겠으니,

그분을 좀 보살펴 주시오. 중요한 이유가 좀 있어서

나는 얼마 동안 내 정체를 숨겨야 하오.

내가 누군지 옳게 밝혀지면, 당신은 후회하지 않을 거요,

내게 이 소식을 전해 준 것을. 청컨대, 가십시다,

나를 따라오시오.

모두 퇴장

4막 4장
도버 프랑스군 진영

🏰

북 및 깃발과 함께 코델리어, 의사, 그리고 병사들 등장

코델리어 아아, 그분이로다! 그래, 방금 뵈었어,

성난 바다처럼 미친 상태셨어, 큰 소리로 노래 부르며,

왕관 대신 악취 나는 퍼미터와 도랑잡초를 쓰신,

호어덕, 햄록, 쐐기풀, 황새냉이,

독보리, 그리고 양식이 되는 곡식 사이

온갖 쓸모없는 잡초들을 쓰신. 풀어라, 백인 부대를!

뒤져라, 무성히 자란 들판을 샅샅이,

그리고 모셔 오라, 그분을 우리 눈앞에.

〔장교 한 명 퇴장〕

도대체 어찌하면

그들이 앗아간 그분의 정신을 되돌릴 수 있을까?

그분을 돕는 자 내 전 재산을 가질 것이오.

의사 방법이 있습니다, 왕비 마마.

본성을 기르고 보살피는 것은 휴식이죠,

그게 결핍됐어요, 그분한테는. 휴식을 취하게 하는 데는,

쓸 만한 약초들이 많아요, 그것들의 효력이

고뇌의 눈을 감겨 줄 겁니다.

코델리어 온갖 축복받은 비밀들,

　　아직 알려지지 않은 대지의 온갖 약초들아,

　　내 눈물로 솟아나라! 치유하고 고쳐 다오.

　　그 착한 분의 번민을! 구하세요, 구해 오세요, 그분을 위해.

　　걷잡을 수 없는 그분의 분노가 해체할지도 모르잖아요, 목

　숨을,

　　이어 갈 방법이 없는 그 목숨을.

　　　　전령 등장

전령 소식입니다. 왕비 마마,

　　영국 군대가 이리로 진격 중입니다.

코델리어 이미 알고 있느니라. 이렇게 전열을 갖춘 게

　　그것 때문 아니냐. 오 소중한 아버지,

　　제가 아버지 일을 하렵니다.

　　그러므로 위대한 프랑스 왕께서

　　비탄에 잠겨 간청하는 저의 눈물을 불쌍히 여기신 거죠.

　　어떤 부푼 야심도 군대를 부추기지 않았어요,

　　사랑, 소중한 사랑과, 나이 든 아버지의 권리 말고는.

　　곧 그분 말을 듣고 그분 모습 뵐 수 있었으면!

　　　　모두 퇴장

4막 5장
글로스터 성

리건 그런데 형부 군대는 출발했느냐?

오스월드 네, 마님.

리건 본인이 직접 나서셨고?

오스월드 마님, 말씀도 마세요.

마님 언니 분이 더 훌륭한 군인이세요.

리건 에드먼드 경이 네 주인과 집에서 얘기를 나누지 않았더냐?

오스월드 아뇨, 마님.

리건 언니가 웬일로 그에게 편지를?

오스월드 전 모릅니다, 마님.

리건 그래, 그분은 심각한 일로 서둘러 이곳을 떠났느라.

중대한 실수였어, 글로스터의 눈알을 뽑아내고도,

그자를 살려 주다니. 가는 곳마다 그자가 움직인단 말야,

온갖 마음을, 우리 쪽에 적대적으로. 에드먼드는, 아마도, 갔
을 거야,

비참이 안쓰러워, 보내 버리려는 게야,

깜깜해진 그자의 생애를. 게다가, 알아봐야겠지,

적의 세력이 어느 정돈지.

오스월드 그분을 따라가 봐야겠습니다. 마님. 이 편지를 들고.

리건 우리 부대가 내일 출정한다. 여기 머물도록 하라.

      길이 위험하니까.

오스월드 그럴 수는 없습니다, 마님.

      제 안주인께서 엄명하신 일인걸요.

리건 왜 언니가 에드먼드에게 편지를? 언니의 의도를

      말로 해 주면 안 되겠느냐? 아마도,

      모종의―뭔지 모르겠지만. 네게 많은 보상을 해 주마,

      그 편지를 내가 뜯어보게 해 다오.

오스월드 마님, 그러는 것보다는―.

리건 네 안주인이 제 남편을 사랑하지 않는다는 걸 난 알아,

      확신하지, 그리고 최근 여기 있으면서

      언니는 이상한 추파와 아주 의미심장한 표정을 보냈어,

      숭고한 에드먼드한테. 네가 언니의 심복인 것은 안다.

오스월드 제가요, 마님?

리건 분명히 말하건대, 넌 심복이야, 내가 알지.

      그러므로 네게 말하노니, 이 점을 알아 두라.

      내 주인은 죽었다. 에드먼드와 나는 대화를 나눴어,

      그리고 그분은 내 손에 더 적절하다.

      네 안주인 손보다는. 그 이상은 말 안 해도 알겠지.

      그분을 보게 되면, 청컨대, 이 말을 드려라.

      그리고 네 안주인께서 이런 사태를 네게서 들으실 때,

      부탁이니, 제발 정신 좀 차리라고 말씀드리거라.

      그리고, 잘 가시게.

      혹시 그 눈먼 반역자를 만나게 되면,

그의 생애를 단축시키는 게 좋겠지.

오스월드 만날 수 있기를 바랍니다요, 마님! 보여 줄 것입니다,
      제가 어느 쪽을 따르는지.

리건 잘 가시게.

      모두 퇴장

4막 6장

도버 근처

글로스터, 그리고 농부 차림의 에드가 등장

글로스터 내가 말한 언덕 꼭대기에 언제 닿게 되겠나?

에드가 지금 오르고 있잖아. 이렇게 낑낑대는데.

글로스터 난 평지 같은데.

에드가 겁나게 가팔라.

　　　들어 봐. 바다 소리 아냐?

글로스터 아니로다, 진정.

에드가 그래, 그렇담, 다른 감각도 엉망이 됐구나,

　　　눈이 하도 아프니까.

글로스터 그럴지도 모르지, 정말.

　　　내 목소리가 변한 것 같아, 그리고 자네가 하는 말도

　　　전보다 더 멀쩡한 것 같고.

에드가 홀딱 속았군. 난 전혀 변하지 않았어,

　　　옷차림밖에는.

글로스터 말을 더 잘하는 것 같은데.

에드가 괜한 소리. 자, 여기가 그곳이야. 움직이지 마. 어구 무서

　　　워라,

　　　아찔하구나 저 아래가!

한가운데 허공을 날갯짓하는 까마귀와 갈까마귀가
딱정벌레만도 안 커 보이네. 반쯤 아래는
사람이 매달려 해초를 따고 있어, 무시무시한 직업이군!
자기 머리통보다 안 커 보여.
어부들이 해변을 거니는데,
쥐새끼들 같아. 그리고 저쪽 높다란 정박선은,
풍향기만큼 오그라들었고, 풍향기는, 부표 같은 게,
너무 작아서 눈에 잘 보이지도 않아. 주절대는 큰 파도가,
셀 수 없고 노닥대는 자갈들에 제 몸을 비벼 대건만,
너무 높아 소리가 안 들려. 그만 봐야지,
머리가 돌 것 같아. 그리고 흐려진 내 시력 때문에
비틀거리다 저 밑으로 곤두박질칠 것 같아.

글로스터 네가 선 곳에 나를 놓아라.

에드가 손 좀 줘 봐. 너 이제 딱 한 발 남았다,

　　　가장자리 맨 끝까지. 달 아래 모든 것을 준대도

　　　난 펄쩍 뛰지 않을 거야.

글로스터 내 손을 놓아 다오.

　　　옜다, 이놈, 지갑을 하나 더 주마, 그 안에 보석이 들었다,

　　　가난한 자한텐 한몫 될 게다. 요정과 신들이

　　　그것을 불려 주기를! 넌 니 갈 길 가거라,

　　　나와 작별해. 그리고 네가 가는 소릴 듣게 해 다오.

에드가 자 잘 계시오, 착한 양반.

글로스터 내 온 마음으로.

에드가 〔방백〕 내가 그의 절망을 이렇게 희롱하는 이유는

　　　절망을 고치려는 것이니.

글로스터 〔무릎을 꿇으며〕오 그대 강력한 신들이여!

　　이 세상을 나는 저버리려오. 그리고, 그대들의 면전에서,

　　떨쳐 내려오, 참을성 있게 내 엄청난 고통을.

　　내가 그것을 더 이상 견디지 못하고,

　　거역할 수 없는 위대한 그대들의 의지와 싸우지 못한다면,

　　양초 심지 끝 그을린 혐오스런 내 여생이

　　스스로를 불태워 마땅한 것. 에드가가 살아 있다면, 오, 그에

　　게 축복을!

　　자, 이놈아, 잘 지내거라.

　　　　　글로스터가 앞으로 떨어지고 기절한다.

에드가　갔군, 선생, 잘 가시오.―

　　그렇지만 걱정이군, 상상이 훔칠 수도 있잖아,

　　목숨의 보물을. 목숨 자체가

　　도둑질을 바랄 경우엔. 그가 스스로 원한 곳에 있었다면

　　지금쯤이면 생각이 사라졌을걸. 살았나 죽었나?

　　호, 이봐요! 친구! 들려요, 당신? 말하시오!

　　이렇게 갈 수도 있겠구나 정말. 아냐 소생하셨어.

　　이봐요, 당신 누구요?

글로스터　꺼져, 내가 죽게 놔두라니까.

에드가　당신 거미줄이요, 깃털이요, 공기요,

　　그렇게 높은 데서 곤두박질쳤는데도,

　　계란처럼 박살이 나기는커녕, 숨을 쉬잖소.

　　육중하구만, 피도 안 흘리고, 말도 하는군, 멀쩡하다구.

　　돛대 열 개를 잇대어도 모자란 높이를

당신이 수직으로 추락했단 말입니다.

당신 살은 게 기적이에요. 어디 말 좀 다시 해 보세요.

글로스터 근데 내가 떨어진 거요, 아니요?

에드가 이 백악 낭떠러지 경계의 무시무시한 꼭대기에서요.

저 높은 데를 올려다보세요, 목청 날카로운 종다리도 저리 멀리서는

보이지도 들리지도 않죠. 올려다보시라니까요.

글로스터 아아, 난 눈이 없소.

비참은 은전을 박탈당했는가,

죽음으로 스스로를 끝내는 은전을? 하지만 조금은 위로가 되었을 텐데,

비참이 폭군의 분노를 엿먹일 수 있다면,

그리고 그의 오만한 의지를 좌절시킬 수 있다면.

에드가 팔을 주세요.

서세요—그래요. 어떠세요? 다리 느낌이 있어요? 서셨는데요.

글로스터 너무 잘, 너무 잘 느껴.

에드가 정말 보다 보다 이상한 일을 다 봅니다.

낭떠러지 꼭대기에서, 당신과 헤어진 게

어떤 자였습니까?

글로스터 불쌍하고 불운한 거지였지.

에드가 제가 이 밑에 섰는데, 제가 보기에는 눈이

두 개의 만월 같았어요. 코가 수천 개고,

뿔이 비틀리고 이랑진 바다처럼 파도쳤지요.

무슨 악마일 거예요. 그러니, 운 좋은 노인장,

가장 순정한 신들이, 불가사의를 자신의

명예로 삼는 그들이, 당신을 살려 주었다고 생각하세요.

글로스터 이제 기억이 나는군. 지금부터는 내가 참으리라.

고통을, 고통이 제 스스로 "충분해, 충분하다"

고함지르고 또 죽을 때까지. 자네가 말한 그걸,

난 사람으로 봤는데. 종종 소리치더군.

"악마다, 악마야" 하고―그가 그 장소로 날 인도했네.

에드가 편하고 느긋한 생각을 품으세요. 근데 누가 오지?

〔들꽃으로 환상적인 치장을 한 리어 등장〕

제정신이라면 결코 이런 차림을

허용치 않으리라, 제 정신 소유자에게.

리어 천만에, 화폐 주조는 내 전공이야. 나는 왕 바로 그분이니까.

에드가 오 옆구리를 꿰뚫는 광경이구나!

리어 그 점에서는 자연이 인위보다 우월하지. 저게 네 징집 급여
다. 저놈은 활을 허수아비 병사처럼 다루지. 활시위를 1클로
스 야드 한껏 당겨 보라구. 봐, 봐, 쥐새끼 한 마리! 조용, 조
용, 이 구운 치즈 조각 하나면 될 거야. 저게 내 철갑 목장갑이
야, 거인한테 결투 신청할 거야. 갈색 창병들을 대령시켜라.
오, 잘 날았어, 화살들아! 과녁에 명중, 과녁에 명중. 서라! 암
구호.

에드가 향긋한 마요람이 필요해.

리어 통과.

글로스터 아는 목소리다.

리어 하, 고네릴. 흰 수염이라! 그들은 내게 아첨을 떨었어, 개처
럼. 그리고 내게 말했지, 나는 검은 수염이 나기도 전에 수염

이 희었다고. 내가 하는 모든 말에 "예"와 "아니오"로 답하더
니!—"예"와 "아니오" 또한 빈약한 신학이지. 한번 비가 내려
내가 젖었을 때, 그리고 바람이 불어 나를 덜덜 떨게 했을 때,
천둥이 진정하라는 내 명을 듣지 않고 계속 울리려 들 때, 거
기서 나는 알아 버렸어, 거기서 냄새 맡아 버렸지. 꺼져, 그들
은 말에 신의가 없도다! 그들은 내게 말했어, 내가 모든 것이
라고. 거짓말이야, 난 학질에 약한데.

글로스터 이 목소리의 특성은 제가 잘 기억합니다.
　　　왕이 아니십니까?

리어 그럼, 샅샅이 왕이지!
　　　내가 똑바로 쳐다보면, 보라, 부하들이 얼마나 벌벌 떠는지.
　　　내가 저자의 목숨은 살려 주노라. 네 죄가 무엇이더냐?
　　　간음?
　　　너는 죽지 않을 것이다. 간통 때문에 죽어? 아니지.
　　　굴뚝새도 그 짓을 한다. 그리고 황금빛 쇠파리 따위는
　　　음탕을 즐기지, 내 면전에서.
　　　짝짓기가 번창케 하라, 왜냐면 글로스터의 서자도
　　　그의 아버지한테 내 딸보다는 친절했노라,
　　　합법적 이불에서 본 내 딸들보다는. 하던 짓 계속해, 음탕,
난잡하게!
　　　난 병사들이 없거든. 저기 억지 웃음 짓는 부인 좀 보게,
　　　가랑이 사이 얼굴은 흰 눈을 예감케 하지,
　　　점잔 빼며 부덕을 발음하지, 그리고 머리를 흔들어,
　　　쾌락의 이름만 들어도 말야.
　　　하지만 긴털족제비도, 풀을 잔뜩 먹은 말도, 음탕의

식욕에 그년만큼 탐닉하지는 않을걸.

허리 아래로는 켄타우로스야,

그 위로는 전부 여자지만.

허리띠까지만 신들의 소유지.

아래는 온통 악마 것이야, 거기 지옥이 있지, 암흑이 있고,

유황 불구덩이, 태우고, 데치고,

악취, 육신이 썩어 문드러지는! 치워라, 치워! 파! 파!

사향을 한 온스 다오, 착한 약종상,

내 상상을 소독해야겠다.

옛다, 여기 돈이다.

글로스터 오, 저 손에 제가 입 맞추게 해 주소서!

리어 먼저 씻고 나서. 죽음의 냄새가 나거든.

글로스터 오 자연의 걸작이 폐허로 변했구나! 이 위대한 세계도
    그렇게 쇠망하여 무로 돌아가리라. 저를 아시겠습니까?

리어 네 눈은 잘 알지. 나를 곁눈질하는 거냐? 아냐, 무슨 짓이든
    해 보라, 눈먼 큐피드여, 나는 사랑하지 않으리라. 이 도전장
    을 읽어 봐, 필체만이라도 잘 봐.

글로스터 글자 모두가 제각각 태양이더라도, 저는 한 글자도 보지
    못합니다.

에드가 [방백] 전해 들었다면 어찌 믿겠는가. 현장이다.
    그리고 내 가슴 찢어진다. 그 광경에.

리어 읽어.

글로스터 무슨 말씀을, 눈 보관함으로 말입니까?

리어 오, 호, 그런 얘기였나? 머리통에 눈이 없고, 지갑에 돈이 없
    다? 네 눈은 무거운 케이스로구나, 네 지갑은 가벼운 케이스

고. 하지만 세상이 어떻게 돌아가는지는 보겠지.

글로스터 더듬거릴 뿐이죠.

리어 뭐라. 미쳤나? 두 눈이 없어도 사람은 세상을 볼 수 있느니라. 두 귀로 보는 거야. 저쪽의 재판관이 저쪽의 좀도둑을 꾸짖는 거 봐라. 들어 봐, 네 귓속에. 자리를 바꾸고, 손을 잡아, 누가 재판관이고, 누가 도둑놈이게? 농부의 개가 거지한테 짖는 걸 본 적이 있느냐?

글로스터 예, 폐하.

리어 그리고 비참한 거지는 똥개가 무서워 줄행랑을 치지? 거기 서 너는

보는 게야, 권위의 위대한 상을. 개의 공무에 복종하는 거지.

너 매질 담당 관리 놈, 네 피비린 손을 멈추지 못할까!

왜 그 창녀를 때리려는 게야? 네놈 등을 벗겨야지,

네놈이 할딱할딱 정욕을 퍼질렀던 그녀를

퍼질러 썼다고 네가 매질하다니. 고리대금업자가 사기꾼을 목매다누나.

누더기 옷 틈새로 작은 악행이 보이는 건 사실이야.

법복과 모피 가운은 모든 것을 숨긴다. 죄악에 금칠을 해 봐,

그러면 정의의 강건한 창도 맥없이 부서진다.

누더기를 씌우면, 난쟁이 지푸라기도 그것을 꿰뚫지.

아무도 죄가 되지 않아, 아무도, 내가 말한다, 아무도! 내가 모두 윤허하노니.

그것을 가져가라, 나의 친구, 너는 권한을 갖노라,

고소인의 입을 봉할 권한을. 유리 눈알이라도 해 박지,

그리고, 야비한 모사꾼처럼,

보이지 않는 게 보이는 척하는 거야. 자, 자, 자, 자!

내 장화를 벗겨라. 세게, 더 세게! 그래.

에드가 오, 조리와 부조리가 뒤섞였어!

광기 속 이성이로다!

리어 내 운명을 울어 줄 것이면, 내 눈을 가져가게.

그대를 잘 알지, 그대 이름은 글로스터.

참으시게나. 우린 울면서 여기까지 왔거든,

그대가 알다시피, 최초로 공기 냄새를 맡는 순간,

울고 소리 지르는 거야. 내 자네한테 설교해 주지. 잘 듣게.

　　　리어가 잡초와 들꽃으로 만든 왕관을 벗는다.

글로스터 아아, 아 슬프도다!

리어 태어날 때, 우린 울지,

이 거대한 바보들의 무대로 나왔으니까. 이건 훌륭한 펠트
모자야.

오묘한 전략이었지, 1개 기병대 말들에

펠트 편자를 해 준 것은. 시험해 볼 거야,

그런 사위들한테 몰래 다가가서,

죽여라, 죽여라, 죽여라, 죽여라, 죽여라, 죽여라!

　　　신사, 시종들과 함께 등장

신사 오, 여기 계십니다. 그분을 붙드세요. 폐하,

폐하의 가장 사랑스런 따님께서 —

리어 구해 줄 사람 없나? 뭐야, 포로야? 나는 심지어

태어날 때부터 운명의 노리개로다. 살살 다뤄,

몸값을 받게 될 게야. 의사를 데려오라,

뇌를 손상당했어.

신사 무엇이든 갖게 되실 겁니다.

리어 보조가 한 명도 없어? 모든 걸 나 혼자?

이런, 이건 사람을 소금만 남게 만들자는 거지,

두 눈을 정원 물통 대신 쓰자는 거야,

맞아, 그리고 가을 먼지를 가라앉히자는 거야.

신사 착하신 폐하―.

리어 나는 멋지게 죽겠노라, 말쑥하게 차린 신랑처럼. 그래!

유쾌해야지. 옳거니, 옳거니, 나는 왕이로다.

자네들, 그걸 알고 있나?

신사 폐하는 임금이십니다. 그리고 우리는 폐하의 명에 복종하지요.

리어 그렇담 거기 희망이 있도다. 아냐, 그걸 가진다면, 뛰면서 가져

야 할걸. 사, 사, 사, 사.

　　　　　리어 뛰면서 퇴장. 시종들이 따른다.

신사 가장 초라한 거지가 그래도 정말 불쌍할 텐데,

왕께서 이러시니 말로 표현할 수 없구나! 당신께 딸이 하나 있

습니다.

그분이 본성을 구원할 것입니다.

두 언니가 초래한 전반적인 저주로부터.

에드가 안녕하시오, 귀하신 분.

신사 이보오, 잘 되시기를. 그래 뭐요?

에드가 뭐 들은 얘기 없습니까, 선생, 전쟁이 있을 거라는?

신사 아주 확실하게 그리고 일반적으로 들었소. 누구나 듣지요,

소리를 식별하는 자 누구냐.

에드가 근데, 귀찮으시겠지만,

저쪽 군대가 어디까지 닥쳤답디까?

신사 가까이 왔고 또 행군 속도가 빨라요. 주력군이

곧 당도할 것으로 생각되오만.

에드가 고맙소, 선생. 그러면 됐어.

신사 왕비께서는 특별한 이유 때문에 여기 계시지만,

그분의 프랑스 군대는 이동을 했소.

에드가 고맙소, 선생.

신사 퇴장

글로스터 언제나 착한 그대 신들이여, 내게서 숨을 거둬가 다오,

나의 사악한 경향이 다시 나를 부추겨

그대 뜻보다 먼저 죽게 하지 말라!

에드가 잘 되시길 비오, 노인장.

글로스터 근데, 착한 선생, 당신은 누구요?

에드가 아주 불쌍한 사람이오, 운명의 광풍에 길들여진.

알려지고 심오한 슬픔의 기술로,

자비심을 곧잘 느끼는 편이죠. 손을 제게 주세요.

좀 쉴 수 있는 곳으로 모셔다 드리죠.

글로스터 진심으로 감사하네.

하늘의 보상과 축복이

덤으로, 덤으로!

오스월드 등장

오스월드 현상 걸린 전리품이다! 운이 아주 좋구나!
　　　두 눈 없는 네 머리는 살로 빚어질 때 벌써
　　　내 재산을 늘려 줄 운명이었구나. 늙고 불행한 배반자,
　　　고해성사는 짧게. 칼을 뽑았으니
　　　너를 필히 죽이리라.
글로스터 자 그대의 정다운 손에
　　　힘을 주어 단행하시라.

　　　　　에드가가 중간에 끼어든다.

오스월드 어째서, 되바라진 농부 놈이,
　　　현상 붙은 반역자를 감히 돕는단 말이냐, 꺼져라,
　　　아니면 그놈 운명의 질병이
　　　똑같이 너를 움켜쥘 것이니. 그의 팔을 놔.
에드가 못 놓는다, 이놈아, 이대로는.
오스월드 놔, 노예 자식아, 아니면 너는 죽어!
에드가 착한 양반, 니 갈 길이나 가셔, 그리고 불쌍한 사람 그냥
　　　둬. 그리고 내가 거드럭대다 목숨을 잃는단들, 2주일은 걸릴
　　　걸. 안 되지, 노인네한테 접근하지 마, 너, 농담 아냐, 아니면
　　　해볼래, 네 수박이 단단한가 내 곤봉이 단단한가. 분명히 말했
　　　다, 너.
오스월드 꺼져, 똥 더미 같은 놈!
에드가 이빨을 뽑아 버릴라, 이놈. 붙자! 네가 칼을 휘두르든 말든.

　　　　　둘이 싸운다. 그리고 에드가가 오스월드를 때려눕힌다.

오스월드 노예 놈, 네가 나를 죽이는구나. 악당, 내 지갑을 가져.

만약 네가 잘 되면, 내 몸을 묻어 줘,

그리고 내 품에 있는 편지를 전해 다오,

글로스터 백작 에드먼드 님께. 그를 찾아내라,

영국 편이다. 오, 이렇게 불시에 죽다니!

죽다니!

오스월드가 죽는다.

에드가　너를 잘 알지, 참견하기 좋아하는 악당.

　　　네 안주인의 악덕에 무던히도 순종했지,

　　　악이 원했던 만큼.

글로스터　어라, 그가 죽었는가?

에드가　앉으세요, 노인장. 좀 쉬세요.

　　　주머니를 뒤져 볼까. 그가 말한 편지는

　　　내 친구일지도 몰라. 그는 죽었다. 다른 사형 집행인이

　　　없었던 게 유감일 뿐. 보자.

　　　허락해 다오, 친절한 밀랍아. 그리고, 예의범절도 우릴 탓 못

하지.

　　　적의 마음을 알기 위해, 그들의 가슴이라도 잡아 찢을 판에,

　　　편지를 찢는 것 정도야, 보다 합법적이지.

　　　〔편지를 읽는다〕 "우리 서로의 맹세를 기억하세요. 당신은 그

의 목을 베어 버릴 기회가 많아요. 의지만 없지 않다면, 시간

과 장소가 수확이 많게 제공될 거예요. 모든 게 허사예요, 그

가 승리자로 돌아오는 날에는요. 그때 저는 피수감자고 그의

침대는 제 감옥인걸요. 메스꺼운 온기로부터 저를 구해 주세

요. 그리고 당신이 그곳을 채워 주세요. 당신의 노고로요.

당신의—아내, 그렇게 말하고 싶네요—
사랑스런 하인, 고네릴."

오, 여자의 음모는 광대무변하구나!
그녀의 고결한 남편을 죽일 계획이야,
그리고 내 동생으로 대체한다! 여기, 모래를 긁어모아,
너를 가려 주마, 살인을 품은 음탕의
부정한 전령이여. 그리고 때가 무르익으면
이 추잡한 편지로 치리라,
살해가 음모된 공작의 시력을. 그분한텐 잘된 거지,
너의 죽음과 일에 대해 내가 말씀드리리라.

글로스터 왕이 미치셨어. 내 정신은 얼마나 사악하고 완고하기에,
뻗대고 섰단 말인가. 그리고 이성적으로 감지한단 말인가,
내 엄청난 슬픔을! 넋이 나갔어야지,
그렇게 생각이 슬픔과 분리되었어야지,
그리고 비탄이 거짓 상상으로 상실했어야지,
스스로에 대한 지식을.

먼 데서 북소리

에드가 손을 제게 주세요.
먼 데서, 제 생각엔, 북 치는 소리가 들린 것 같은데요.
오세요, 노인장, 친구와 함께 묵도록 해 드릴 테니.

모두 퇴장

4막 7장
도버 프랑스 군 진영

꽤

코델리어, 켄트, 의사, 그리고 신사 등장

코델리어 오 마음씨 착하신 켄트 경, 제가 어떻게 살고 일하면,

경의 선량함에 달하겠습니까? 제 생애가 너무 짧을 거예요,

그리고 아무리 그러려 해도 실패구요.

켄트 알아주시는 것만 해도, 공주 마마, 과분합니다.

저에 대한 온갖 평판이 수수하기를,

더도 말고 덜도 말고, 딱 그렇기를.

코델리어 의상을 더 좋은 걸로 바꾸셔야겠네요.

이 누추한 차림은 나빴던 날들의 기억이니까요.

청컨대, 벗어 버리세요.

켄트 용서하십시오, 소중한 공주 마마,

제 정체가 알려지면 계획에 차질을 빚을지 모릅니다.

부디 저를 아는 척 말아 주소서,

제 생각에 적당한 때까지는요.

코델리어 그렇담 할 수 없죠, 착하신 분. 〔의사에게〕 왕은 어떠시오?

의사 마마, 고요히 주무십니다.

코델리어 오 친절한 신들이시여,

모욕당한 그분 본성이 갈라진 이 거대한 틈을 고쳐 주세요!

조율 안 되어 삐걱대는 제정신의 현을, 오, 감아 주세요,
어린애로 변환된 아버지의 제정신을!

의사 하여 괜찮으시다면
왕 폐하를 깨울까 하는데요? 오래 주무신지라.

코델리어 당신의 지식에 따르시오. 그리고 진행하시오,
당신 스스로의 뜻으로. 옷은 마련해 드렸나요?

하인들이 운반하는 의자에 앉은 리어 등장

신사 예, 공주 마마. 곤히 잠드셨을 때
새 옷을 입혀 드렸습니다.

의사 곁에 계십시오, 착하신 공주 마마, 우리가 그분을 깨울 때.
분명 얌전하실 테니까요.

코델리어 그래야죠.

음악이 들려온다.

의사 자네들, 더 가까이 오게. 거기 음악 더 크게!

코델리어 오 사랑하는 나의 아버지! 복원이여 달아 놓아라,
그대의 약을 내 입술에. 그리고 이 입맞춤이
치유케 해 다오, 내 두 언니가 아버지의 연로한 권위에
저지른 그 난폭한 해악들을!

켄트 착하고 사랑스런 공주님!

코델리어 폐하께서 아버지가 아니셨더라도, 이 하얀 머리칼이
언니들의 동정을 자아냈으련만. 이 얼굴로 어떻게
으르렁대는 바람들과 대적하셨단 말인가?
맞서셨단 말인가, 그 깊은 두려움 번개 치는 천둥과?

158 리어 왕

재빠른, 교차하는 번개, 가장 소름끼치고 무서운 발작 속에?

보초 섰단 말인가―불쌍한 결사대로고!―

이 얇은 헬멧을 쓰고? 적군의 개라도,

설령 나를 문 적이 있다 해도, 그 밤이라면 쬐었으리라,

내 집에서 곁불을. 그런데 당신은 기꺼이, 불쌍한 아버지,

우리에서 돼지와, 그리고 버림받은 자들과 지내셨어요.

바스러지고 케케묵은 지푸라기 속에서? 아아, 슬프다!

놀라울 뿐이야, 그분 목숨과 정신이 그 즉시

일체 끝나 버리지 않은 것이. 깨어나신다. 말을 걸어 드려요.

의사 공주님, 공주님께서 하세요, 그게 제일 좋습니다.

코델리어 괜찮으세요, 왕 폐하? 어떠십니까, 폐하?

리어 나를 무덤에서 꺼내다니 몹쓸 것이로다.

너는 축복받은 영혼이지. 하지만 나는 묶여 있어,

불의 바퀴에, 하여 내 자신의 눈물은

끓는다, 용해된 납처럼.

코델리어 폐하, 저를 알아보시겠습니까?

리어 넌 유령이야, 알지. 언제 죽었느냐?

코델리어 아직, 아직도, 착란 상태셔!

의사 비몽사몽 중이십니다. 잠시 혼자 계시게 하죠.

리어 내가 어디 있었지? 내가 어디 있지? 어디 있지? 맑은 대낮?

정말 내게 몹쓸 것이로다. 난 불쌍하게 죽어야 해,

이런 날을 또 보려면. 무슨 말을 해야 하나.

이것이 내 손이라고 맹세하지 않을 거야. 어디.

핀으로 찌르니 아픈데. 알고 싶구나,

내 상태를!

코델리어 오, 눈 들어 저를 보세요, 폐하.

그리고 두 손을 모두어 제게 축복을 내려 주세요.

아뇨, 폐하, 무릎을 꿇으시면 안 되고요.

리어 제발, 나를 조롱치 마시오.

난 아주 멍청하고 실없는 노인네라오.

여든이 넘었지, 딱 그만큼.

그리고 솔직하게 대하자면,

난 정신이 온전치 못한 듯하오.

얼핏 당신을 아는 것 같아. 그리고 이 사람도 그렇고.

하지만 긴가민가해, 왜냐면 전혀 모르겠거든,

여기가 어딘지. 그리고 아무리 생각해도

기억이 안 나, 이 옷들이. 역시 모르겠어,

어젯밤 내가 어디서 묵었는지도. 나를 비웃지 마오,

왜냐면, 내가 사람이라면, 이 부인은

내 아이 코델리어 같거든.

코델리어 그래요 맞아요. 저예요.

리어 네 눈물이 진짜냐? 그래, 분명. 부디, 울지 말거라.

내게 줄 독약을 네가 갖고 있더라도, 난 그걸 마실 거야.

네가 날 사랑하지 않는 것을 아느니. 네 언니들은

그랬지, 생생하게 기억해, 내게 몹쓸 짓을 했지.

넌 그럴 이유가 좀 있었다만, 그들은 없었는데.

코델리어 이유라뇨. 아무 이유도 없습니다.

리어 나는 프랑스에 있는가?

켄트 폐하의 왕국에 계십니다, 폐하.

리어 날 속여 먹으려고.

의사 위로받으소서, 착하신 공주 마마. 엄청난 분노는,

보세요, 잦아드셨습니다. 그렇지만 위험해요,

잃어버린 시간에 대해 말씀하시게 하는 것도요.

안으로 드시라 하십시오. 더 이상 성가시게 마세요,

마음이 좀 더 편해질 때까지는.

코델리어 폐하 좀 걸으시겠습니까?

리어 네가 나를 참아 줘야겠구나,

부탁하노니, 잊고 용서해 다오. 나는 늙고 멍청하니까.

켄트와 신사만 남고 모두 퇴장

신사 사실인 것 같소, 선생, 콘월 공작이 그렇게 살해된 게?

켄트 아주 확실하오, 선생.

신사 누가 그의 군대를 지휘하죠?

켄트 들리는 말로는, 글로스터의 서자라더군요.

신사 추방된 아들 에드가는, 켄트 백작과 독일에 있다던데요.

켄트 소문이란 믿을 수 없죠. 방어 준비를 해야겠소. 왕국 군대가
빠르게 접근 중이니.

신사 맞붙으면 피비린 전투가 될 거요. 안녕, 선생. 〔퇴장〕

켄트 내 삶의 목적과 끝이 완전히 짜여지리로다,

좋게든 나쁘게든, 오늘의 전투가 행해지매.

퇴장

제5막

이 슬픈 시간의 무게에 우리는 복종해야 합니다,
느낌을 말하는 거죠, 해야 할 말이 아니라.
가장 나이 든 세대가 가장 많이 견뎠죠, 젊은 우리는
결코 그렇게 많이 보지 못하고, 그렇게 오래 살지도 못할 겁니다.

5막 1장
도버 근처 영국군 진영

북과 깃발과 함께 에드먼드, 리건, 신사, 그리고 병사들 등장

에드먼드 〔신사에게〕 알아보라, 공작의 생각이 전과 같은지,

　　　아니면 그새 또 누구 말에 넘어가

　　　계획을 바꾸었는지. 그는 너무 우유부단하고

　　　변덕이 심하오. 어떻게 결정했는지 알아 오시오.

　　　신사 퇴장

리건 언니 남편은 분명 무슨 사고를 당한 거야.

에드먼드 그게 걱정입니다. 공주 마마.

리건 자, 친절하신 분,

　　　아시죠, 제가 당신께 표하려는 호의를.

　　　말해 보세요—그러나 진실로—아니 진실을 말해 주세요,

　　　당신은 언니를 사랑하지 않나요?

에드먼드 명예로운 사랑이죠.

리건 하지만 당신은 형부 행세를 하며

　　　금지된 곳으로 간 적이 한 번도 없으시다고요?

에드먼드 그 생각은 잘못되었소.

리건 의심이 가는데요, 당신이 언니와 공모한 상태고

언니한테 반했고, 완전히 언니 것이 아닌가.

에드먼드 아닙니다, 제 명예를 걸죠, 공주 마마.

리건 전 결코 언니를 참지 않을 거예요. 소중한 분,

　　　언니와 친하게 지내지 마셔요.

에드먼드 의심치 마오.

　　　그녀와 그녀 남편 공작이 와요!

　　　　　북과 깃발과 함께, 올버니, 고네릴, 그리고 병사들 등장

고네릴 〔방백〕 차라리 전쟁에 질망정 저 동생 애가

　　　그와 나를 갈라놓게는 못 해.

올버니 친애하는 처제, 잘 만났소.

　　　귀하, 듣자니, 왕께서 그분 따님께 갔답니다.

　　　우리 행정의 가혹함이

　　　비명을 강제했던 다른 이들과 함께요. 명예로울 수 없는 경우,

　　　나는 이제까지 결코 용기를 발하지 않았소. 이번 일은

　　　프랑스가 우리 땅을 침략했다는 문제지,

　　　그게 왕을, 그리고 다른 이를 부추긴다는 문제는 아니오, 그
　　　분들은,

　　　아주 정당하고 심각한 명분으로 일어선 게 아닌가 싶거든.

에드먼드 나리, 말씀이 고상하십니다.

리건 왜 그런 걸 따지죠?

고네릴 힘을 합쳐 적에 맞서야죠.

　　　이런 사소한 집안 다툼은

　　　지금 문제가 아니죠.

올버니 그렇담 정합시다.

전투 경험이 많은 장교들과 의논해서 우리 전략을.

에드먼드 곧장 나리 천막에서 뵙겠습니다.

리건 언니, 우리와 같이 갈 거지?

고네릴 아니.

리건 같이 가야지, 그래요, 같이 가.

고네릴 〔방백〕 오, 호, 뭔 말인지 알겠어.—그러자꾸나.

그들이 나갈 때, 변장한 에드가 등장

에드가 이렇게 불쌍한 사람과도 괜찮으시다면,
한 말씀만 올리게 해 주십시오.

올버니 뒤따라가리다. 말하라.

올버니와 에드가만 남고 모두 퇴장

에드가 전투를 하시기 전에, 이 편지를 열어 보십시오.
승리를 거두시면, 나팔을 불어 주시오,
이것을 가져다준 사람을 위해. 비록 외양은 비천하나,
나는 전사로 거듭나, 지키겠소,
이 안에 쓰여진 내용을. 만일 당신이 패하면,
귀하의 세상사가 그렇게 끝나니,
음모 행위도 그치겠죠. 운명이 귀하를 사랑하기를!

올버니 편지를 다 읽을 때까지 기다리게.

에드가 그렇게는 안 되겠군요.
적당한 시기에, 그냥 전령에게 소리치게 하세요,
그러면 다시 나타나겠습니다.

올버니 그래, 잘 지내시게. 자네 편지는 읽어 보겠네.

에드가 퇴장

에드먼드 재등장

에드먼드 적들이 시아에 들어왔습니다. 부대를 정렬시키시죠.

　　　이것이 적들의 실제 병력 규모와 전투력입니다.

　　　공들여 염탐한 결과죠. 하지만 이제는 나리께서

　　　서두르시는 게 절박한 때입니다.

올버니 준비를 하겠네. 〔퇴장〕

에드먼드 언니 동생 모두한테 내가 사랑을 맹세했네.

　　　둘은 서로 질투하지, 독사에

　　　물린 것처럼. 둘 중 누굴 택한다?

　　　둘 다? 아니면 아무도? 어느 쪽도 즐길 수 없지,

　　　둘 다 살아 있으면 말야. 과부를 택하면

　　　격분하여 미치고 환장하고 팔짝 뛰겠지, 그녀 언니 고네릴은.

　　　그리고 어려움이 있어, 내 계획을 수행하는 데,

　　　그녀 남편이 살아 있으면. 자 그렇담 활용해야지,

　　　그자의 안면을 전투에. 전투가 끝나면,

　　　그를 제거하고 싶은 그녀가 짜내라지,

　　　신속한 처치 방도를. 자비를

　　　그가 리어한테 또 코델리어한테 보여 줄 모양인데,

　　　전투가 끝나면. 그리고 그들이 우리한테 잡히면,

　　　그 용서를 결코 보지 못하리라. 내 처지는

　　　방어를 요하지, 토론을 요하는 게 아니거든.

　　　　　퇴장

5막 2장
전장 근처

凶

안에서 전투 나팔 소리. 북과 깃발과 함께 리어, 코델리어, 그리고
병사들이 무대 가득 등장, 그리고 퇴장. 이어서 에드가와 글로스터
등장

에드가 여기, 노인장, 이 나무 그늘을
    친절한 집주인으로 여기세요. 그리고 기도해 주세요, 옳은 게
    잘되기를.
    제가 다시 돌아온다면,
    위안을 가져다드릴 겁니다.
글로스터 은총이 당신과 함께 하기를, 선생!

    에드가 퇴장
    안에서 전투 및 퇴각 나팔 소리. 에드가 재등장

에드가 가요, 노인장! 손을 주세요! 가요!
    리어 왕이 패했어요, 그분과 그분 따님이 체포되었고.
    손을 주세요! 어서요!
글로스터 그만 가겠네, 선생, 바로 여기서 썩으면 되잖나.
에드가 뭐라고요, 또 나쁜 생각이세요? 사람이라면 삼가야죠,
    이 세상을 떠 버리는 일을, 이 세상에 나오는 걸 삼가듯,

때가 무르익어야 된다니까요. 어서요!

글로스터 그래, 그 말도 맞군.

　　　모두 퇴장

5막 3장
같은 장소

🏰

승리의 북 및 깃발과 함께, 에드먼드, 포로 리어와 코델리어,
지휘관, 병사들, 기타 등장

에드먼드 장교 몇이 그들을 데려가라. 잘 지켜,

그 대단한 분들의 바람을 우선 알아보고

그것으로 그들을 심판하리로다.

코델리어 우리가 처음은 아니죠,

의도는 최선이었으나, 최악을 초래한 경우가요.

짓눌린 왕이시여, 폐하를 위해 저는 내리깔려졌어요,

아니라면 제 자신 거짓 운명의 찌푸린 눈살에 더 눈살 찌푸

릴 수 있겠지요.

두 딸과 두 언니를 우린 보게 되는 거 아닐까요?

리어 싫어, 싫어, 싫다, 싫다! 자, 감옥으로 가자꾸나.

우리 둘이서만 노래하리라, 새장에 갇힌 새처럼.

네가 내게 축복을 청하면, 나는 무릎을 꿇을 것이야.

그리고 청할 것이다, 네 용서를. 그렇게 우린 살자.

그리고 기도하자, 노래하고, 옛날 얘기하고, 그리고 비웃는

거야.

금칠한 나비들을, 그리고 듣겠지, 불쌍한 놈들이

떠드는 궁정 소식을. 그리고 그들과도 얘기를 나눠야지,

　누가 잃고 누가 따는지, 누가 안이고 누가 밖인지.

　그리고 사태의 신비를 뒤집어쓰는 거야,

　마치 우리가 하느님의 염탐꾼인 것처럼. 그리고 우리는 더 오래가리라.

　사방 벽 감옥 속에서, 거창한 자들의 추종자와 파당보다 더 오래,

　그들 처지는 밀물 썰물처럼 바뀌거든.

에드먼드　그들을 데려가라.

리어　이런 희생에는, 나의 코델리어,

　신들이 직접 향을 뿌린단다. 내가 너를 잡고 있는 것 맞느냐?

　우리를 떼어 놓으려는 자 하늘에서 낙인을 가져다

　우리를 여우처럼 불태워 죽여야 하리라. 애야 눈물을 닦으렴.

　좋은 시절이 그들을 집어삼킬 게다. 살과 가죽까지,

　그들이 우리를 울게 만들기 전에! 우선 그들이 굶어 죽는 것 부터 봐야지.

　가자.

　　　경비하에 리어와 코델리어 퇴장

에드먼드　이리로 오게, 지휘관, 잘 들어.

　[종이를 주면서] 이 쪽지를 받게. 그들을 감옥까지 따라가.

　내가 자네를 한 계급 올려 주었지. 자네가 만일

　여기 쓰여진 대로 한다면, 자네는 확보하는 거야,

　귀족의 운명으로 가는 길을. 자넨 알겠지, 인간은

　그 시대와 마찬가지라는 것. 착한 마음씨는

칼잡이한테 안 어울리는 거야. 자네가 맡을 엄청난 일은
묻고 자시고 할 사항이 아냐. 하겠다 하든지,
아니면 다른 출세 길을 찾든지.

지휘관 하겠습니다, 나리.

에드먼드 임무로, 그리고 임무 마치면 행복 시작일세.
잘 들어, 진짜, 지금 즉시, 그리고 처리해야 해,
내가 써 놓은 대로.

지휘관 제가 마차를 끌 수는 없죠, 귀리 말린 걸 먹을 수도 없고.
그러나 사내가 할 일이라면, 제가 하겠습니다. [퇴장]

화려한 취주. 올버니, 고네릴, 리건, 또 다른 지휘관, 그리고
병사들 등장

올버니 경, 오늘 보니 참으로 용감한 혈통이십니다.
그리고 운이 잘 따랐소, 당신을. 당신은 사로잡았소,
오늘 전투의 상대방을 말이오.
그들을 내게 줄 것을 요구하는 바요. 그들을 대해야지,
그들의 미덕과 우리의 안전을
똑같이 고려해서 말이오.

에드먼드 나리, 제 생각엔 이게 맞아요,
늙고 병든 왕을
어느 정도 억류하고 경비병을 세워 두는 게 맞아요.
그의 나이는 매력을 발하고, 그의 직함은 더 그래서,
평민들 가슴을 자기편으로 뽑아 갑니다,
그리고 징집된 창들을 돌리죠, 우리 면전에서,
그것을 지휘하는 우리 면전에서 말예요. 그와 함께 왕비도

보냈습니다.

    이유는 일체 똑같죠. 그들을 대기시켰다가

    내일, 아니면 그 다음 날 소환하여

    나리께서 재판을 주재하시는 거죠. 지금은

    우리가 온통 피땀 범벅입니다. 친구가 친구들을 잃었죠.

    그리고 아무리 정당한 전쟁이라도, 격전 중에는, 저주를 받

기 마련이죠.

    그 쓰라림을 느끼는 자들의 저주를.

    코델리어와 그녀 아버지 문제는

    더 적당한 장소를 요합니다.

올버니 경, 괜찮으시다면,

    나는 전투를 수행하는 부하로 당신을 생각했지,

    형제로 생각한 게 아니오.

리건 형제로 그를 예우하는 게 좋겠어요.

    제 생각을 먼저 물어보시지 그랬어요,

    말씀이 그렇게까지 나가기 전에. 그분이 우리 군대를 이끌었

어요.

    내 지위와 인격을 위임받았죠,

    그런 긴밀한 관계였으니 의당

    형제의 칭호를 받을 수 있어요.

고네릴 너무 화급이구나!

    자신의 장점만으로도 그분은 훌륭해,

    네가 그분께 보태 주는 것 이상이지.

리건 내 권리를,

    내가 그분께 투자했으니, 그분이 최상에 필적하죠.

고네릴 완벽한 투자겠구나, 그가 네 남편 노릇을 한다면.

리건 농담이 종종 진담 되는 법.

고네릴 아무렴, 아무렴!

　　　네게 그렇게 말해 준 그 눈이 사팔눈이었을 뿐이야.

리건 귀부인, 제가 몸이 안 좋군요. 아니면 제 대답이

　　　곱지 않았겠지요. 장군님,

　　　당신께서 제 병사들, 포로들, 전 재산을 취하셔요.

　　　당신 뜻대로 하셔요, 그것들을, 그리고 저도, 제 마음의 요새

　　는 당신 것.

　　　세상에 공표하라, 저는 당신을 여기서

　　　제 남편이자 주인으로 선포합니다.

고네릴 그를 즐기겠다?

올버니 자넨 거절하지 않을 모양일세.

에드먼드 당신이라면 그러시겠습니까, 경.

올버니 서자 따위니, 그렇겠지.

리건 〔에드먼드에게〕 북을 치라 명하시고, 보여 주세요, 제 직함이 당

　　신 것임을.

올버니 잠시 기다려, 이유를 말해 주지. 에드먼드, 너를 체포한다,

　　　중대 반역죄로. 그리고, 네 공범으로,

　　　〔고네릴을 가리키며〕 이 금칠한 뱀도 체포한다. 당신 요구는 처제,

　　　들어줄 수가 없겠군, 내 마누라 때문에.

　　　그녀가 이자와 하청 계약 상태거든,

　　　그러니 나, 그녀 남편은, 처제의 파멸을 막아 주는 거지.

　　　결혼하고 싶으면, 나를 사랑해 보시게,

　　　내 마누라가 맞춤 주문 상태니까.

고네릴 웃기는 수작!

올버니 자넨 무장 상태지, 글로스터. 나팔을 울려라.

  만일 네 머리 위에 가증스런, 명백한, 그리고 숱한 반역들을

  증명할 자 아무도 나타나지 않는다면,

  이렇게 맹세하노니, [장갑 한 짝을 던지며] 네 가슴에 증명해 주

  리라,

  빵을 맛보기 전에, 내가 선포한 너의 죄가

  사실 그대로라는 것을.

리건 아프다, 오, 아퍼!

고네릴 [방백] 안 아프면, 난 결코 독약을 믿지 않겠지.

에드먼드 [장갑 한 짝을 던지며] 결투를 받아 주지. 세상 천지 어느 놈

  이든,

  나를 반역자라 한다면, 비열한 거짓말쟁이야.

  당신 나팔로 부르시오. 감히 접근하는 자는,

  그놈이든, 당신이든, 누군 아니겠나? 보여 주겠어,

  나의 진실과 명예를 단단히.

올버니 사자를 들이라, 호!

에드먼드 사자를, 호, 사자를 들이라!

올버니 자네 혼잘걸. 자네 병사들은,

  모두 내 이름으로 소집되었으니, 내 이름으로

  돌려보냈거든.

리건 점점 더 아파.

올버니 마님 몸이 안 좋으시다. 내 텐트로 모셔 가게.

  [리건, 인도되어 퇴장]

  [사자 등장]

이리 오라, 사자―나팔을 울려라―

그리고 이것을 읽어라.

지휘관 울려라, 나팔을! 〔나팔 소리〕

사자 〔읽는다〕"군 장병 중 신분 고하를 막론하고 에드먼드, 소위

글로스터 백작에 대해, 그가 여러 겹으로 배반자임을 주장할

자, 세 번째 나팔 소리에 모습을 나타내리로다. 그가 뻔뻔스레

사실을 부인하나니."

에드먼드 울려라! 〔첫 번째 나팔〕

사자 다시! 〔두 번째 나팔〕

사자 한 번 더! 〔세 번째 나팔〕

안에서 나팔이 답한다.

에드가, 세 번째 소리에 등장. 나팔을 쳐들고 있다.

올버니 그의 목적을 물어보라, 왜 나타났는가,

이 나팔의 부름에.

사자 당신은 누구요?

이름, 직위는? 그리고 왜 답하시는 거요,

지금의 소환에?

에드가 말하죠, 난 이름을 잃어버렸소,

반역의 이빨이 물어뜯어 헐고 또 벌레 먹었죠.

하지만 나는 지체가 높소, 내가 대적하려는

적수만큼이나.

올버니 그 적수란 게 누군가?

에드가 글로스터 백작을 대변하는 자가 누굽니까?

에드먼드 내가 본인이시다. 내게 할 말 있는가?

에드가 네 칼을 뽑으라,

하여, 내 말이 숭고한 가슴을 기분 상케 할지 모르나,

네 팔이 네게 정의의 본때를 보일 수 있도록. 내 칼은 여기

있노라.

보라, 이것은 특권이도다. 내 명예의,

내 맹세의, 그리고 내 소명의. 단언컨대,

너의 힘, 청춘, 직위, 그리고 저명함에도 불구하고,

네 승리의 검과 신품 행운, 네 용기와

배짱에도 불구하고. 너는 배반자로다,

너의 신들에, 너의 형제에, 너의 아버지에게 거짓되고,

이 드높고 걸출한 군주를 겨냥, 음모를 꾸미고,

그리고, 네 머리 맨 끝에서

맨 아래까지 그리고 네 발밑 먼지까지,

두껍 반점 극악무도한 반역자로다. 네가 "아니"라 하면

이 칼이, 이 팔이, 그리고 내 최상의 기백이 기꺼이

증명하리라, 네 가슴에, 그리고 그것에 내가 말하노니,

넌 거짓말을 하고 있어.

에드먼드 네 이름을 묻는 게 현명하겠지.

그러나 겉으로 그리 당당하고 싸움을 원하므로,

그리고 혓바닥 놀리는 게 꽤 높은 집안 출신인 듯하니,

한가하게 또 좀스럽게 기사도 규칙

어물거리는 일은, 경멸하고 치워 버릴란다.

다시 건네 주마, 이 반역들을 네 머리 위로,

지옥만큼 증오받을 거짓말로 네 가슴을 압도하리라,

그것이, 아직 흘끗 스칠 뿐 좀체 상처 주지 못하므로,

나의 이 칼이 그것에 직통로를 내 주리라,

그리고 거기서 그것이 영원히 머물리라. 나팔수, 불라!

전투 나팔. 그들이 싸운다. 에드먼드가 쓰러진다.

올버니 살려 두라, 죽이면 안 돼!

고네릴 이건 술수예요, 글로스터,

결투 규칙상 당신은 답할 의무가 없어요,

신분을 알 수 없는 상대한테는. 당신은 패배한 게 아녜요,

사기 기만당한 거죠.

올버니 입 닥쳐라, 이년,

이 편지로 입을 쑤셔 막아 버리기 전에.

어떤 이름보다 더 나쁜 년, 네 자신의 악행을 읽어 봐.

길길이 뛸 것 없다. 이년! 네가 알잖느냐.

편지를 에드먼드에게 준다.

고네릴 내가 그랬단들, 법은 내 거야, 당신 게 아니라고.

누가 그 일로 나를 벌할 수 있겠나?

올버니 정말 괴물이로다! 오!

이 편지를 아는가?

고네릴 내가 아는 걸 왜 물어. 〔퇴장〕

올버니 그녀를 쫓아가라. 발악 상태로다, 그녀를 제지해.

에드먼드 당신이 저를 비난한 것, 그 짓을 저는 저질렀습니다.

그리고 더, 훨씬 더 저질렀지요. 시간이 그것을 드러내겠지요.

그건 지나갔소, 그리고 나도 끝이오. 하지만 누구시오,

나를 희생시켜 행운을 잡는 당신은? 당신이 귀족이라면,

난 용서하겠소.

에드가 용서는 서로 하자꾸나.

나도 너 못지않게 피를 보았으니, 에드먼드,

비록 더 많은, 더 많은 악행을 네가 내게 했지만.

내 이름은 에드가, 네 아버지의 아들이다.

신들은 공명정대하지, 그리고 우리가 즐기는 악덕을

수단으로 우리에게 역병을 내린다.

그분이 너를 만드신 그 어둡고 사악한 곳이

값을 치르게 했어, 그분께 그분의 두 눈으로.

에드먼드 옳은 말이에요, 사실이죠,

운명의 수레바퀴가 한 바퀴를 다 돌았군요! 다시 이 꼴이니.

올버니 그대의 발걸음만 보아도

위엄 있는 귀족임을 알겠도다. 그대를 포옹하노라.

슬픔이 내 가슴을 찢게 하라. 만일 내가

그대 혹은 그대 아버지를 미워한 적이 있다면!

에드가 덕망 있는 군주님, 알고 있습니다.

올버니 어디에 몸을 숨겼던가?

어떻게 알게 되었는가, 그대 부친의 비참을?

에드가 그것을 간호하면서요, 공작님. 간단히 얘기를 하렵니다,

그리고 얘기가 끝나면, 오, 내 가슴 터져 버리리!

저를 아슬아슬하게 쫓아다녔던

그 피비린 선고를 피하려고─오, 우리네 삶의 달콤함이여!

우리가 죽음의 고통을 시간마다 견디며 야금야금 죽어 갈 수 있다니,

단 한 번에 죽는 게 아니라!─전 변장하기로 했죠,

광인의 누더기로, 제가 취한 모습을
개조차 경멸할 정도였습니다. 그리고 이런 복장으로
제 아버지를 만났습니다. 두 구멍으로 피를 흘리는,
구멍의 소중한 돌이 상실된. 그분의 가이드가 됐고,
인도했고, 그분을 위해 구걸했고, 그분을 절망에서 구했습
니다.

결코 — 오 잘못이죠! — 제 자신을 그분께 드러내지 않았습
니다.

그리고 약 반 시간 전, 제가 무기를 들었을 때,
이 일이 잘될지, 바라기는 했으나 확실치 않은 터라,
그분의 축복을 청했습니다. 그리고 처음부터 끝까지
그분께 말씀드렸죠, 저의 순례를. 하지만 그의 금 간 가슴이 —
아아, 갈등을 버팅기기에는 너무 약했죠! —
감정의 양극단, 기쁨과 슬픔 사이에서,
터져 버렸습니다, 미소 지으며.

에드먼드 형의 말은 나를 울리오.
그리고 아마도 유익하겠지, 하지만 말을 계속 해 보오,
뭔가 할 말이 더 있는 것 같은데.

올버니 더 있다면, 더 비통하리라, 그만 하시게.
벌써 내가 눈물로 녹아들 것 같은데,
이 얘기만 들어도.

에드가 여기가 결론이면 싶겠지요,
슬픔을 사랑하지 않는 사람에게는. 그러나 또 있소,
너무 상세하게 말하면 훨씬 더 비통하고,
가장 극단에 이를 이야기가.

제가 엉엉 울며 애도를 하는 중 한 남자가 그리로 왔는데,

그는, 내가 최악의 상태인지라,

소름이 끼친 듯 제 곁을 피했지요. 하지만 그러다가, 이 꼴을

하고 있는 게 누군지 알고는, 그 억센 팔로

제 목을 얼싸안았습니다. 그리고 고함을 질러 댔죠,

하늘을 터뜨릴 것처럼, 제 아버지한테 몸을 던졌어요,

리어와 자신에 대한 이야기를 해 주는 데

이제껏 귀로 들은 가장 불쌍한 얘기였습니다. 그 얘기를 하면서

그의 슬픔은 막강해졌어요. 그리고 목숨 줄이

금 가기 시작했지요. 그때 트럼펫이 두 번 울렸고

저는 혼절한 그를 놔두고 나왔습니다.

올버니 근데 그가 누구시던가?

에드가 켄트요, 공작님, 추방된 켄트. 그가 변장을 하고

왕을 따랐습니다, 자신을 미워했던 왕을, 그리고 시중을 들었죠,

노예보다도 비천하게.

신사 등장. 피 묻은 칼을 들고 있다.

신사 도와주시오, 도와줘, 오, 도와주시오!

에드가 무슨 도움을?

올버니 말하라, 그대.

에드가 그 피비린 칼은 웬 건가?

신사 뜨겁습니다, 김이 나죠,

이건 방금 심장에서—오, 그녀가 죽었습니다!

올버니 누가 죽어? 말하라, 그대.

신사 공작님 부인 말입니다. 공작님, 공작님 부인요! 그리고 그녀가
     동생 분을 독살했어요. 자백을 하셨습니다.

에드먼드 저는 두 분 모두와 약혼을 했죠. 셋이서
     이제 곧 결혼을 하겠네요.

          켄트 등장

에드가 켄트 백작이 이리 오십니다.

올버니 그들의 육신을 이리 내오라, 살았든 죽었든.
     하늘이 내린 이 심판은, 우릴 두려움에 떨게 하지만,
     동정심이 일지는 않는구나.

          〔신사 퇴장〕

     오, 이것이 그분이란 말인가?
     시대는 허락하지 않으려는구나,
     가장 간소한 범절의 인사말조차.

켄트 내가 온 것은
     나의 왕이자 주인님께 영원한 이별을 고하기 위해서요.
     그분은 여기 없소?

올버니 그 일을 까먹다니!
     말하라, 에드먼드, 왕께서는 어디 계신가? 그리고 코델리어는?
     이 꼴들이 보이오, 켄트?

          고네릴과 리건의 시신이 들려 온다.

켄트 아아, 왜 이렇게?

에드먼드 그래도 에드먼드는 사랑을 받았구나.

한 사람이 다른 사람을 독살했다. 나를 위해,

그런 후 자살했다.

올버니 그렇군. 그들의 얼굴을 가려 주어라.

에드먼드 숨이 차니 곧 죽겠구나. 좋은 일을 좀 해야겠어,

내 자신의 본성에도 불구하고. 빨리 사람을 보내시오,

신속하게, 성으로. 내가 지시한 것은

리어와 코델리어의 처형이었소.

어서, 제시간 안에.

올버니 달리거라, 달려. 오, 달려가!

에드가 누구한테요. 공작님? 누가 임무를 맡았느냐? 보내야지,

너의 집행 유예 표시를.

에드먼드 그렇군. 내 칼을 가져가요.

그걸 지휘관한테 주세요.

올버니 죽을힘을 다해 서두르시게.

에드가 퇴장

에드먼드 그는 당신 아내와 나한테서 임무를 받았소,

감옥에서 코델리어를 목매달아 죽이라는, 그리고

그녀 자신의 절망 탓으로 돌리라고,

스스로 자신을 파괴했다 하라고.

올버니 신들이 그녀를 지켜 주기를! 그를 잠시 옮겨 가라.

에드먼드가 들려 나간다.

죽은 코델리어를 팔에 안고 리어 재등장. 에드가, 지휘관, 그리고

다른 이들이 그 뒤를 따른다.

리어 울부짖으라, 울부짖어, 울부짖어, 울부짖으라! 오, 너희들은
　　돌로 만들었더냐.
　　　너희들의 혀와 두 눈을 가졌다면 나는 그것을 사용하여
　　　하늘의 둥근 천장이 금 가게 하리라. 그 애는 갔어, 영원히!
　　　나는 알지, 사람이 죽은 때, 그리고 사람이 살아 있는 때,
　　　그 애는 죽었다 대지처럼. 거울을 빌려 다오,
　　　그녀 숨이 돌비늘에 흐릿한 자국을 내면,
　　　그래, 그땐 그녀가 살아 있는 거지.
켄트 오늘이 심판의 날이던가?
에드가 아니면 그 공포의 이미지일 뿐인가?
올버니 무너져 끝장나라, 세계여!
리어 이 솜털이 움직인다. 그 애가 살아 있어! 그렇다면,
　　　기회로구나, 내가 느꼈던 온갖 슬픔을
　　　만회할 수 있는.
켄트 〔무릎을 꿇으며〕 오 착하신 제 주인이시여!
리어 제발, 꺼져라!
에드가 숭고한 켄트입니다, 폐하의 친구시죠.
리어 역병이나 맞아 뒈져, 너희, 살인자, 반역자들 모두!
　　　내가 그녀를 구할지도 몰랐는데, 이제 이 애가 영영 죽었잖나!
　　　코델리어, 코델리어! 잠시만 머물러 다오. 하!
　　　뭐라고 한 게냐? 그 애 목소리는 항상 부드러웠어,
　　　상냥하고, 그리고 낮았지, 여자로서 특출했어.
　　　내가 죽여 버렸단다, 너를 목매달려는 그 악당 놈을.
지휘관 그렇습니다, 대신님들, 그러셨어요.
리어 내가 안 그랬나, 친구?

난 그날을 보았어, 훌륭한 날카로운 내 언월도로

그들을 폴짝폴짝 뛰게 만들고 했던. 난 이제 늙었다,

그리고 그 똑같은 칼 놀림이 날 망가트렸지. 너는 누구냐?

내 눈이 상태가 별로야. 네가 누군지 알아보리라.

켄트   운명이 두 사람을 사랑하고 증오했다며 떠벌린다면,

그중 한 명을 우린 보고 있습니다.

리어   시야가 흐려. 자넨 켄트 아닌가?

켄트   맞습니다,

당신의 하인 켄트입니다. 폐하의 하인 카이어스는 어딨습
니까?

리어   그는 좋은 친구야, 내 그건 장담하지,

그가 칠 거야, 그것도 신속하게. 그는 죽어 썩었어.

켄트   아닙니다, 착하신 폐하, 제가 바로 그예요.—

리어   그게 곧 보일 거야.

켄트   그것이, 폐하께서 처음 달라지고 악화되실 때부터 줄곧

따라다녔습니다, 폐하의 슬픈 발자국을.

리어   이리로 온 것을 환영하네.

켄트   아뇨, 누구도 환영은. 모든 게 우울하고, 어둡고, 죽음 같은
데요.

당신의 첫째 둘째 따님은 자신들을 파괴했어요,

그리고 절망 속에 죽었습니다.

리어   그래, 그렇게 나는 생각해.

올버니   그분은 자신이 무슨 말을 하시는지 몰라요, 그러니 소용
없죠,

우리가 그분께 인사를 드려도.

에드가 아주 부질없죠.

지휘관 등장

지휘관 에드먼드가 죽었습니다, 주군.

올버니 이 자리에서 그건 사소한 문제리니.

　　　그대 대신들과 숭고한 친구 분들, 우린 이렇게 하려 하오.

　　　이 거대한 파괴에 가능한 어떤 위로든

　　　제공할 것이오. 우리로 말하자면, 우린 되돌리겠소,

　　　이 연로한 폐하께서 살아 계시는 동안,

　　　그분께 우리의 절대 권력을. 〔에드가와 켄트에게〕 그대들은, 되

　　찾으시오. 원래 권한을.

　　　보상도 해 드리겠소. 그리고 그대들의 명예가

　　　받아 마땅하고도 남을 칭호와 함께. 모든 친구들이 맛볼 것

　　이오.

　　　각자 미덕의 값을, 그리고 모든 적들은

　　　당연한 잔을. 오, 보시오, 보시오!

리어 그리고 내 불쌍한 바보 애는 목매달려 죽었네! 없다, 없어,

　　목숨이!

　　　개도, 말도, 쥐새끼도 목숨이 있는데,

　　　그런데 너는 숨이 전혀 없다? 넌 더 이상 오지 않겠지,

　　　결코, 결코, 결코, 결코, 결코!

　　　부디, 이 단추를 풀어 주게. 고맙소, 선생.

　　　이거 보이나? 그녀를 봐, 봐, 그녀의 입술을,

　　　거길 봐, 거길 봐!

리어가 죽는다.

에드가 혼절하신다! 폐하, 폐하!

켄트 부서져라, 심장이여, 제발, 부서져!

에드가 저를 보세요, 폐하.

켄트 그분 혼령을 귀찮게 하지 마시게. 그분을 보내 드려!

　　　그분을 아주 증오하는 자나

　　　이 모진 세상의 고문 틀로

　　　그분 몸을 잡아당기리로다.

에드가 돌아가셨어요, 정말.

켄트 오히려 놀랍지, 이토록 오래 견디셨다는 게.

　　　그분은 자기 목숨을 찬탈하셨을 뿐이네.

올버니 시신들을 모셔 가거라. 우리가 지금 할 일은

　　　전체적인 애도로다. 〔켄트와 에드가에게〕 내 영혼의 친구, 두 분께서

　　　이 지역을 통치해 주시오, 그리고 피투성이 국가를 버텨 주시오.

켄트 나는 여행을 떠나야 하오, 공작님, 이제 곧.

　　　제 주인이 저를 부르십니다. 싫다고 하면 안 되죠.

에드가 이 슬픈 시간의 무게에 우리는 복종해야 합니다,

　　　느낌을 말하는 거죠, 해야 할 말이 아니라.

　　　가장 나이 든 세대가 가장 많이 견뎠죠, 젊은 우리는

　　　결코 그렇게 많이 보지 못하고, 그렇게 오래 살지도 못할 겁니다.

　　　모두 퇴장. 장송 행진곡과 함께

셰익스피어 연극, 고전의 기둥
─난해한 삶, 그리고 누추한 정치와 불행한 시대

16세기 중엽 시작되는 스페인 연극 황금기는 '서양 연극의 시대'를 예감케 했지만 그 예감을 응집─실현, 당대 정신을 대표할 뿐 아니라 새롭고 미래지향적인 연극예술의 지평을 열어젖힌 예술가는 '무대 언어'의 마술사, 셰익스피어다. 그는 극작가─시인이고 무엇보다 배우였고, 덧붙여 극단 운영자였다. 때는 스페인 무적함대를 격파하고 대서양의 새로운 주인으로 부상한 영국 엘리자베스 여왕 치하였다. 스페인은 근대 소설의 원조 세르반테스를 낳았지만(그는 셰익스피어와 사망 연월일이 같다) 셰익스피어가 극작─연기하던 공간은 자본주의 혁명이 진행되던 시기 사회 전 계층을 포괄하는, 가장 열린 '무대=공간'이었다. 그리고 그 열림은 고도의 예술 변증법을 강제, 스펙터클 행렬이 무대 뒤쪽에서 화려장대하게 치러지는 반면 개인의 독백은 오히려 장돌뱅이들이 바닥에 진을 친 마당 무대를 가로지르며 길을 내므로, 고도의 집중을 요하는 문학적 대사와, 연극미학에 무지몽매한 자를 압도하는 연기력을 요하게 되고, 그런 무대 경험은 셰익스피어 희곡의 가장 시적인 대사를 곧장 가장 무대적인 언어로 절묘하게 제련, 압축적이면서도, 대사의 억양과 분위기와 흐름이 등장인물의 성격과 동작을 품거나 뿜어내거나 형상화하므로 등퇴장 말고는 별 지문을 요하지 않는 경지에 달하고, 작품 전체는 연극미학 자체로 현실을 반영-전유함은 물론 새로운 세상을 감지하고 예감하고 형상화하는 데 달한다. 셰익스피어가 역사상 가장 위대한 (연극)예술가로 평가되는 이유다.

새로운 세기를 맞으며 셰익스피어는 《햄릿》(1600-01), 《오셀로》(1604-05), 《리어 왕》(1605-06), 그리고 《맥베스》(1605-06) 등 비극을 속속 집필하는데 이 작품들은 서양예술 전체의 한 절정인 동시에 심오한 보편이다. 주인공의 '치명적' 결함이 주인공과 주변의 파멸을 야기시키는 줄거리 구조는 그리스 고전 비극과 유사하지만, 그리스에서 영국 엘리자베스 여왕 치세에 이르는 역사 전체가 연극미학의 인간적 깊이로 전환, 인간 심리의 내면이 심오하게 또 역동적으로 드러나고 그것이 다시 줄거리를 연극미학적으로 심화하고 심리를 '연극=줄거리'화하고, 역동이 스스로 흔들리고 흔들림이 영원한 '연극=미학'적 진리와 맞닿는 창으로 된다.

《햄릿》은 '삶=난해'가 주제다

막이 오르면 덴마크 왕자 햄릿이 사망한 아버지를 애도한다. 그리고 아버지가 죽은 지 한 달도 안 되어 아버지 동생 클로디어스와 결혼한 어머니 거트루드의 유약과 부정을 슬퍼한다. 아버지 유령이 햄릿에게 나타나 자신이 클로디어스에게 독살되었다는

것을 알려 주고 복수를 요구한다. 햄릿은 주저한다. 그냥 막연하
게, '더러운 짓'에 대한 증거가 좀 더 확실해지기를 바라면서….
자신의 불확정성(不確定性)과 행동 불능성(不能性) 때문에 햄릿
은 점점 더 우울과 자책에 휩싸이고 주변 사람들이 보기에 미쳐
가는 것 같고. 부황한 늙은 신하 폴로니어스는 그게 자신의 딸
오필리아에 대한 사랑 때문 아닐까 생각 혹은 기대하고, 햄릿은
떠돌이 광대들에게 암살 현장을 재현하는 마임을 공연케 한 다
음 클로디어스에게 관람시켜 반응을 살피고. 클로디어스는 질겁
하고. 그렇게 진상이 드러나지만 햄릿은 여전히 선뜻 복수를 행
동에 옮기지 못하는 동시에 어머니에 대한 가해 욕구가 심해지
고, 커튼 뒤에서 몰래 엿듣던 폴로니어스를 칼로 찔러 죽이는 등
'발작' 행위를 일삼고, 햄릿을 사랑하는 오필리아는 미쳐 버리
고 만다. 목숨의 위협을 느낀 클로디어스는 햄릿을 그의 친구 로
젠크란츠 및 길덴스턴과 함께 영국으로 보내면서 도착 즉시 햄
릿을 죽이라는 밀서를 지참케 하지만, 밀서를 발견한 햄릿은 두
친구를 죽이라는 쪽으로 밀서 내용을 바꾸고 덴마크로 돌아온
다. 오필리아가 햄릿에 대한 사랑의 고통을 못 견디고 자살한 후
였다. 그녀 오빠 레어트스가 복수를 벼르고 클로디어스는 둘의
결투를 주선하면서 결투 칼에 독을 바르고, 독을 탄 잔을 햄릿
가까이 놓아두는데 결투 중 둘 다 독 묻은 칼에 찔리고 거트루드
가 무심코 잔을 마시고, 사태를 파악한 햄릿은 클로디어스를 죽
인 후 자신도 숨을 거둔다.

왕비–어머니는 약한 여자다. 그녀는 시동생의 광포한 유혹을 뿌리치지 못하고, 동생이 형수를 취한다. 예민한 왕자–아들 햄릿은 그런 사태에 연민과 악취를 동시에 느끼고, 아버지 유령과 암살의 진실은 예민함을 더 예민하게 한다. 삽시간에 세상은 난해하다…. 그에게는 그 사실이 가장 중요하고, 그의 예민한 정신이 삶의 난해를 감당하는 쪽으로 온통 기울어 있으므로 사실 그는 복수를 주저하는 게 아니라, 복수를 통해 옛날을 복원하려는 탈(脫)난해의 유혹을 견디고 있다. 그에게 유령은 난해한 진실의 신비화고, 복수는 난해를 정치적으로, 그렇게 대중적으로 범주화 혹은 도식화하는 일이다. 어느 쪽도 진정한 해결(방식)이 아니므로 햄릿은 난해를 난해 그 자체로 받아들이고 고통으로 감내한다. 햄릿이 현대인의 전형이자 신의 어린 양으로, 또 진정한 예술가로, 진정 미래지향적인 인간으로 되는 대목이다.

난해한 진리 혹은 난해의 진리는 오로지 예술의, 열린 고통의 몸으로써만 (이해가 아니라) 포괄될 수 있다. 마임 공연을 통한 사실 확인. 햄릿에게는 그것이 난해를 포괄하는 유일한 길이다. 그 속에서 '이해의 창' 몇 개가 세계의 본질 속으로 열리고, 난해한 것이 난해한 채로 투명해진다. 《햄릿》의 '극중극'은 격변기를 맞은 위대한 예술가의 위대한 예술 옹호 선언이다. 예술가는 시대 변화에 정치적으로 보수 입장을 취할 수도 있고 진보 입장을 취할 수도 있으나 정말 중요한 것은 예술의 예술적 내용이다. 햄릿은 자신의 이해력 부족을 탓할 뿐 갈수록 심화하는 현실을 탓하지 않는다. 인간 존재에 대한 이해의 깊이를 심화시키면서 심화가 훨씬 더 많은 난해를 낳는다는 점 또한 고통으로 받아들이므로 그는 격변기 대중의 전형이고 그렇게 영원히 고통의 방식으로써 당대적이다.

《오셀로》는 '성=난해' 다

영웅적인 무어 인(흑인)으로 베니스 군사령관에 오른 오셀로에게 아름다운 백인 아내 데스데모나가 있다. 오셀로가 이아고 대신 캐시오를 부관으로 임명하자 오셀로와 캐시오에 대한 증오-질투에 사로잡힌 간교한 이아고는 오셀로를 추락시킬 음모를 꾸민다. 데스데모나가 캐시오와 밀애를 나누고 있다… 이아고는 오셀로에게 그런 의심을 짐짓 아뭏지도 않은 암시와 짐짓 강력한 부인(否認)을 통해 조금씩 주입시킨다. 오셀로가 데스데모나에게 선물로 준 손수건이 없어지고 후에 캐시오 방에서 발견되는 등 보조 장치를 동원하면서 이아고는 오셀로를 질투의 화신으로 변화시키고 오셀로는 마침내 데스데모나를 죽인다. "현명하게 사랑하지는 못했지만 너무도 잘 사랑한 사람으로 나를 기억해 다오…." 이아고의 간계를 알고, 뒤늦은 후회에 떨며 오셀로는 그런 말을 남기고 스스로 목숨을 끊는다.

거짓된 외양에 혹하여 이성을 감정의 통제에 내맡기는 구도는 셰익스피어 희곡 대부분의 주제지만 《오셀로》가 이르는 비극적

결말은 매우 불편하고, 오셀로와 데스데모나의 관계는 왜곡된 서정의 극치를 이루지만 흑백미추(黑白美醜) 콤플렉스를 구현하는 오셀로보다 더 복잡한 것은 이아고의 심리다. '인물' 이아고의 형상화를 통해 《오셀로》는 일상적 사랑에 묻은 의심과 살기(殺氣), 그것이 이루는 사랑의 '마음의 지옥'을 절체절명으로 드러내며 영원히 현대적인 차원에 달한다. 사실 이아고는 오셀로의, 그리고 우리 모두의 분신이다.

《리어 왕》은 늙어서 불행한 세대다

브리튼 왕 리어가 나이 들어 자신의 왕국을 세 딸에게 나누어 주려 한다. 그는 자신을 사랑하는 양에 따라 땅을 분배하겠다고 딸들에게 공언하고. 위선적인 첫딸 고네릴과 둘째 딸 리건은 아버지에 대한 사랑을 요란뻑적하게 떠벌리고 그에 상응하는 땅을 받는다. 그런데 셋째 딸은, 진정 아버지를 사랑하지만, 아니 진정 사랑하기에, 그것을 번드레한 말로 표현하기를 거부하고 완고한 왕은 그런 그녀에게 화를 내며 유산을 물려주지 않는다. 첫째, 둘째 딸은 유산을 받자마자 아버지를 배반, 조롱을 퍼붓다가 결국 성 밖으로 쫓아내고 리어 왕은 광야를 헤매며 점차 미쳐 가고 단 한 명, 충실한 광대가 그를 수행하고 켄트 경이 그를 돕는데, 그는 코델리어를 옹호하다가 추방되지만 농부로 변장하고 영국에 남아 있다가 리어 왕을 코델리어에게 데려다 주고 코델리어는 그를 보살피면서 그가 이성을 되찾도록 애쓴다. 한편, 글로스터 경도 정직한 아들 에드가를 내쫓고 모사꾼인 서출(庶出) 에드먼드만 철석같이 믿는 처지였는데, 코델리어는 프랑스군을 움직여 영국을 공격하려 하고 에드먼드는 리건-고네릴과 연합, 프랑스 공격에 맞서면서 아버지 글로스터 경을 리건 남편 콘월 공작에게 넘기고 콘월은 글로스터 경의 두 눈을 도려내고 코델리어와 리어 왕을 가두는데, 전쟁에서는 승리했으나 에드먼드가 리건에게 연심(戀心)을 느끼는 것을 안 고네릴은 질투에 불타 리건을 독살하고 자신은 자살한다. 에드먼드는 에드가와 결투에서 패배한다. 코델리어는 목이 졸려 죽고 리어 왕도 상심을 이기지 못해 코델리어 시체를 품에 안은 채 숨이 끊어진다.

리어 왕은 백성을 사랑하고 딸과 사위와 신하들의 말을 곧이곧대로 믿는다. 그가 자신의 '가치'에 대해 갖는 자부심은 정말 대단하다. 한마디로, 그는 착하고 늙은 왕이었다. 그러나 그것이 불행의 단초로 된다. 그는, 무엇보다, 자신이 늙고 쓸모없다는 점을 모르는, 어리석은 왕이었다. 그리고 세상은, 셰익스피어의 다른 작품에서와 마찬가지로, 격변기였다. 돈이 많고 사람이 어리석고 그랬으므로 딸 셋(그리고 사위 셋)은 분명 화근일 수 있는 시대였다. 죽기 직전에야 그는 자기를 불행하게 하는 것이 딱히 가족만은 아니라는 것을 느낀다. 그는 딸에서 사위로 이어지는 지어미 살상(殺傷)의 경로를 몰랐다. 신하의 차원에서 적서(適庶)로 갈라지는 골육상쟁의 경로를 그는 알 수가 없었다. 그가 열 수 있는 것은 그냥 대책 없는, 완고한 착함이 당하는 고통의 길뿐이었다. 햄릿이 난해를 받아들임으로써 고통 받는다면 그는 받아들이기를 거부함으로써 고통 받는다. 은혜를 입은 자가 뒤통수를 치고, 그는 길길이 뛴다. 이런 배은망덕한 놈들 같으니…. 그러나 그의 은혜가 없었다면 비극도 없었다. 그의 은혜는 과도기 은혜다. 역사는 그의 은혜를 입지만 그의 마지막 예상조차 빗나간다. 더 교활한 배반, 훨씬 더 복잡한 이해집산이 이어지고 교차되는 와중에 찬란하고 튼튼하고 완강한 미래가 탄생한다. 그는 여러 단계의 광증과 깨달음에 달하지만, 그것을 인정할 수 없었다.

《맥베스》는 운명의 정치학을 다루지만, 미학은 정치의 운명을 반영한다

스코틀랜드 왕 덩컨 휘하 장군 맥베스와 뱅쿼가 세 명의 마녀들을 만나고 마녀들은 맥베스가 코더 영주가 된 후 스코틀랜드 왕에 오르고, 뱅쿼는 자손이 왕가를 이룰 것이라고 예언한다. 그후 얼마 안 되어 정말 코더의 영주가 되자 맥베스는 나머지 예언도 믿게 된다. 맥베스가 부인에게 예언 내용을 말하자 맥베스 부인은 덩컨 왕을 죽일 계획을 짠다. 덩컨이 우리 성에 묵을 때…, 맥베스 부인은 그렇게 맥베스를 부추기고 맥베스는 덩컨을 죽인다. 맥더프가 그 사실을 알아채고, 덩컨 아들 맬컴과 도널베인은 외국으로 도망치고 그들이 살인자 누명을 쓰게 된다. 왕위에 오른 맥베스는 마녀들의 예언을 두려워하며 뱅쿼를 암살하지만 뱅쿼 아들은 피살을 면하고 뱅쿼 유령이 맥베스를 괴롭히고 맥베스 부인은 죄의식 때문에 미쳐 간다. 맥더프가 맬컴 군대에 합류했다는 소식을 듣고 맥베스는 맥더프 아내와 아이들을 학살한다. 맥베스 부인은 숨을 거두고, 맥베스는 맥더프와의 전투에서 사망하고, 맬컴이 왕위에 오른다.

예언은 맞았는가, 안 맞았는가? 둘 다 아니다. '예언=운명'은 실천되었다. 그게 정치의 비극적인 운명이다. '예언=운명'의 굴레 속에 맥베스의 정치적 음모, '정치=음모'는 누추하고 피비리다. 역사적으로 정치는 음모의 틀을 벗지 못했고 '정치=음모'는 누추하고 피비린 틀을 벗지 못했다. (레닌의) 혁명도 혹시 그랬던 것 아닐까, 그렇게 질문 혹은 자문하는 시대에 우리는 살고 있다. '맥베스'는 그렇게 정확히 셰익스피어 시대 인간이면서 '정치=보편'적 인간이다. 피비린 남루가 찬란한 현실로 전화하는 과정이 진정 아름다울 때까지…. 그렇게 '정치=야만'이 극복될 때까지….《맥베스》는 (아이스킬로스-소포클레스) 연극의 기원이, 곧장 정치화하는 현장을 보여준다.

《폭풍우》는 만년작이다

막이 오르면 프로스페로가 폭풍우를 일으킨다. 그는 밀라노의

적법한 공작이었으나 동생 안토니오에게 그 자리를 찬탈당하고 딸 미란다와 함께 바다로 내쫓긴 후 마법이 걸린 섬에 난파. 스스로 마법을 통달하고 마녀 시코락스한테 붙들려 있는 착한 정령 몇을 해방시켜 주고 그중 에어리엘을 하인으로 삼고 시코락스의 아들인 원시종족 칼리반을 노예로 삼은 터였고 폭풍우는 섬 앞을 지나던 안토니오 및 그의 찬탈을 부추겼던 나폴리 왕 알론소, 그의 아들 페르디난드와 신하들이 탄 배를 난파시키기 위한 거였다. 이방인들의 도착과 함께 섬에서 화해 과정이 시작되고 에어리엘은 일행을 해변으로 데려오지만 페르디난드만은 놓아주어, 아버지를 비롯한 모든 일행들이 그가 익사한 것으로 믿게 만들고, 프로스페로를 겨냥한 칼리반의 모반, 그리고 알론소를 겨냥한 안토니오의 모반 계획을 좌절시키고. 알론소는 아들의 죽음이 자신이 저지른 일 때문이라며 뉘우치고. 프로스페로는 시련을 통해 페르디난드가 미란다와 맺어지게 만들고. 모두를 화해시키고. 밀라노 공작으로 되돌아갈 채비를 한다.

참회와 용서를 매개로 갈등이, 인생과 심오한 화해를 통해 비극이 해결된다. 아니, 심오한 웃음의 철학으로 다스려진다. 더 중요한 것은 미학적 측면. 《겨울 이야기》와 《폭풍우》는 비극의 미학 자체를 너그러운 희극 세계의 틀로 삼는다. 특히 《폭풍우》는 연극예술가가 세상을 떠나며 남기는 연극예술의, 희망의 유언이다. 에어리엘은 창조적인 형상화 능력을 상징하고 인생은 꿈일지 모르고. 그러나 꿈은 예술의 상상력을 매개로 더 현실적이고 인생의 현실은 꿈을 낳으므로 더욱 가치가 있다…. 셰익스피어는 그렇게 마지막 위로와 감사의 말을 무대에 보내고 있다. 《폭풍우》는 이후 숱한 예술 장르의 만년작, 아름다움의 나이로서 예술의 전범으로 작용하고 20세기 희극정신에 곧장 이어진다. 프로스페로가 돌아간다. 우리도 돌아간다. 위대한 셰익스피어 연극의 처음으로.

♇ 제임스 왕 판 《성경》과 함께 영어가 민족어로 완성되는 데 결정적인 역할을 한 셰익스피어 희곡 문학, 그렇기 때문에, '표현이 탄생하는 과정'을 숱하게 담고 있다. 번역은, 너무 매끄러운 운문을 피해, 그 과정의 맛을 살렸다. 셰익스피어 문학은 자연의 비유에서 인간의 비유로 넘어가는 대목을 흥미진진하게 보여 주지만, 그렇기 때문에, 비유 또한 너무 매끄럽게는 다듬지 않았다. '너무 매끄러움'은 인간 사회의 온갖 신분, 온갖 직업 및 분야의 현상, 상승 및 타락, 그리고 해체 과정을 셰익스피어 '당대적'으로 생생하게 보여 주는 광경을 놓치기 십상이고, 그렇게 되면 많은 것을 놓치는 것이다. 근대를 둘러싼 중세풍 '이전'과 현대풍 '이후'가, 일상성과 비극적 숭고, 그리고 희극성이, 교묘하게 살을 섞는 맛 또한 살리려 했다.
특히 《햄릿》에서 빈번하게, '지구'는 셰익스피어 극이 공연되던 글로브('지구') 극장 자체를 가리킨다. 그렇게 극장은 세계다.

김정환

1954년 서울 출생. 서울대 영문과를 졸업했다.
1980년《창작과 비평》에 시 '마포, 강변동네에서' 외 5편을 발표하면서 작품 활동을 시작했다.
시집《지울 수 없는 노래》《하나의 이인무와 세 개의 일인무》《황색예수전》《회복기》
《좋은 꽃》《해방 서시》《우리 노동자》《기차에 대하여》《사랑, 피티》《희망의 나이》
《노래는 푸른 나무 붉은 잎》《텅 빈 극장》《순금의 기억》《김정환 시집 1980-1999》
《해가 뜨다》《하노이 서울 시편》《레닌의 노래》《드러남과 드러냄》등 20여 권의 시집과,
소설《파경과 광경》《세상 속으로》《그 후》《사랑의 생애》,
산문집《발언집》《고유명사들의 공동체》《김정환의 할 말 안 할 말》,
평론집《삶의 시, 해방의 문학》, 음악 교양서《클래식은 내 친구》《내 영혼의 음악》,
문학 창작 방법론《작가 지망생을 위한 창작 강의 일곱 장》,
역사 교양서《상상하는 한국사》《20세기를 만든 사람들》《한국사 오디세이》등이 있으며,
《더블린 사람들》《셰익스피어 평전》등을 번역했다.
2007년 제9회 백석 문학상을 수상했다.

리어 왕

Copyright© 김정환, 2008

첫판 1쇄 펴낸날 | 2008년 8월 1일
지은이 | 셰익스피어
옮긴이 | 김정환
펴낸이 | 박성규
펴낸곳 | 도서출판 아침이슬
등록 | 1999년 1월 9일(제10-1699호)
주소 | 서울시 마포구 합정동 411-2(121-886)
전화 | 02)332-6106
팩스 | 02)322-1740
이메일 | 21cmdew@hanmail.net
ISBN 978-89-88996-85-0 04840
ISBN 978-89-88996-82-9 （세트）
책값은 뒤표지에 있습니다.